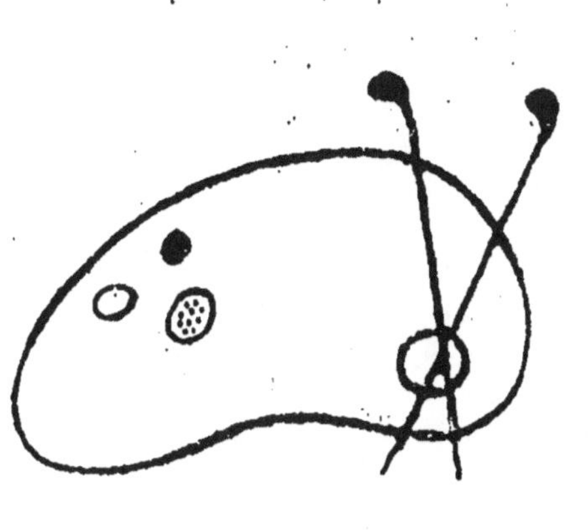

Fin d'une série de documents
en couleur

LE THEATRE DE LA FOIRE, OU L'OPERA COMIQUE.

CONTENANT LES MEILLEURES PIECES qui ont été representées aux Foires de S. Germain & de S. Laurent.

Enrichies d'Estampes en Taille-douce, avec une Table de tous les Vaudevilles & autres Airs gravez-notez à la fin de chaque Volume.

Recueillies, revûës & corrigées.

Par Mrs. LE SAGE & D'O[illegible]

TOME V

A PARIS,

Chez ETIENNE GANEAU, ruë S. Jacques vis-à-vis la Fontaine S. Severin, aux Armes de Dombes.

M. DCCXXIV.

Avec Approbation & Privilege du Roy.

PIECES

Contenuës dans ce cinquiéme Volume.

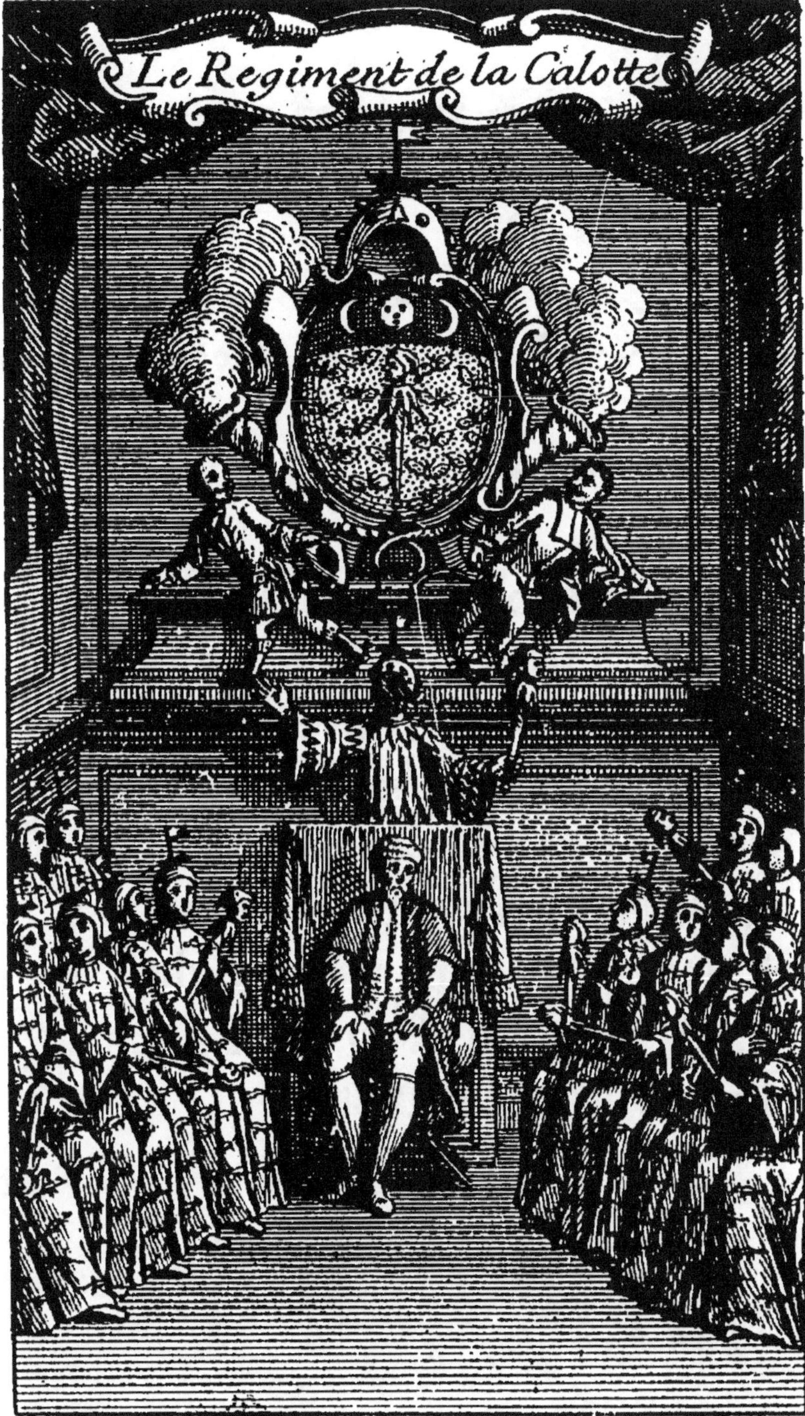

Bonard del. F. Pelly f.

LE REGIMENT
DE
LA CALOTTE.

Piéce d'un Acte.

Représentée par l'Opera Comique à la Foire de S. Laurent le 1. Septembre 1721. avec *les Funerailles de la Foire* & son *Rappel à la Vie*. Et ces trois Piéces furent joüées au Palais Royal par ordre de S. A. R. MADAME, le 2. Octobre suivant.

AVERTISSEMENT.

LE 22. du mois d'Août le Privilege de l'Opera Comique fut ôté à la Troupe qui l'avoit, & donné à celle du Sieur Francisque, qui commença ses représentations en Vaudevilles le 1. de Septembre suivant.

Pour mettre au fait du Regiment de la Calotte ceux qui n'y sont pas, ils sauront que c'est un Regiment Metaphysique, inventé par quelques Esprits badins, qui s'en sont fait eux-mêmes les principaux Officiers. Ils y enrôlent tous les Particuliers, Nobles & Roturiers, qui se distinguent par quelque folie marquée, ou quelque trait ridicule. Cet enrôlement se fait par des Brevets en prose ou en vers qu'on a soin de distribuer dans le monde. Mais la plûpart de ces Brevets sont l'ouvrage de Poëtes téméraires, qui de leur propre autorité font des levées de gens, qui deshonoreroient le Corps par leur merite & par leur sagesse, si le Commissaire ne les cassoit point aux Revûës.

ACTEURS.

MOMUS, Arlequin.

La FOLIE.

Un AVOCAT.

Un POETE.

M. PLUVIO.

CE'PHISE.

DORIME'NE.

PANTALON, Acteur de la Comedie Italienne.

TROUPE de CALOTINS & de CALOTINES.

La Scene est dans la Salle d'assemblée du Regiment.

LE REGIMENT DE LA CALOTTE.

E Theâtre représente une Salle, au fond de laquelle on voit les Armes du Regiment.

SCENE PREMIERE.

La FOLIE, *seule. Après que l'Orchestre a joüé en Ritournelle l'Air suivant pour annoncer son arrivée, chante ce Couplet.*

SUR L'AIR 61. (*Dans ces lieux tout rit sans cesse*

Dans ces lieux on rit sans cesse ;
Mais les ris y sont malins :
On y pese la sagesse :
C'est le séjour des libres Calotins.

L'Orchestre joüe l'Air des Rats pour la descente de Momus.

SCENE II.

La FOLIE, MOMUS.

La FOLIE.

AIR 59. (*Ho-ho! Ha-ha! & pourquoi donc?*)

Bon-jour, Dieu des bons mots,
Soyez le bien-venu.

MOMUS.

Tréve de doux propos.
Vous m'avez fort déplu.

La FOLIE.

Ho-ho! ha-ha!
Et pourquoi donc? Comment cela?
Qu'avez-vous à reprocher à la Folie?

AIR 62. (*Sans dessus-dessous*)

Je grossis votre Regiment. *bis.*

MOMUS.

C'est de quoi je me plains, vraîment. *bis.*
Vous le mettez, belle Ouvriére,
Sans dessus-dessous,
Sans devant derriére.
Aussi, de quoi vous mêlez-vous?

Sans devant derriére,
Sans dessus - dessous.

La FOLIE.

Parlez-moy plus clairement.

MOMUS.

Air 14. (*Voulez-vous savoir qui des deux*)

Par vos ordres ont été faits
Un grand nombre de faux Brevets.
La chose n'est que trop prouvée.
Ainsi je veux, dès cet instant,
Voir votre nouvelle levée.

La FOLIE.

Soit. Vous allez être content.

MOMUS.

Je casserai tous ceux que vous avez enrôlez mal-à-propos.

La FOLIE.

Air 13. (*Laire-la, laire lan - laire*)

Seigneur Momus, je ne crains rien.
Si vous les examinez bien,
Vous n'en casserez, ma foi, guére.

MOMUS, *branlant la tête.*

Laire-la, laire lan-laire,
Laire-la,
Laire lan-la.

La FOLIE.

Il n'y en a pas un qui n'ait quelque petit grain....

MOMUS.

Quelque grain! Parbleu, sur ce pié-là, vous feriez entrer dans le Regiment les trois quarts & demi de la Terre.

AIR 15. (*Je ne suis né ni Roy, ni Prince*)

Voulez vous donc dans nos Brigades
Fourrer tous les Cerveaux malades?
Il nous faut des Timbres fêlez;
Mais, pour qu'ils soient ici de mise,
Ils doivent s'être signalez
Par quelque éclatante sotise.

La FOLIE.

Peste! s'il faut cela pour être simple Calotin, quels doivent donc être les Officiers?

MOMUS.

AIR 46. (*Les Triolets*)

Les grands sujets du Regiment
Sont de vertueux personnages;
Ils sont tous de bon jugement,
Les grands sujets du Regiment:
S'ils se conduisent follement,

Ils réfléchissent en gens sages.
Les grands sujets du Regiment
Sont de vertueux Personnages.

La FOLIE.

Cela étant, heureux qui peut meriter une place parmi ces Illustres.

MOMUS.

Air 3. (*Bannissons d'ici l'humeur noire*)

Oüi, chacun d'eux a le mérite
De démeler le vrai du faux ;
Lui-même nouveau Démocrite,
Rit le premier de ses défauts.

Ça, voyons les personnes que vous venez de choisir.

La FOLIE, *à la Cantonnade.*

Air 5. (*Quand le péril est agréable*)

De par le Dieu Porte-marotte,
Venez ici, nouveaux Soldats ;
Montrez à Momus que vos Rats
Méritent la Calotte.

(*elle sort.*)

MOMUS.

Allez, & me les envoyez l'un aprés l'autre. Bon. Voilà déja un Original qui se présente de lui-même.

SCENE III.

MOMUS, un AVOCAT.

L'AVOCAT.

AIR 63. (*J'entends déja le bruit des armes*)

Recevez-moi pour Volontaire,
Grand Momus.

MOMUS.

Quel est votre état ?
Vous sentez votre Apoticaire.

L'AVOCAT.

Hé, fi-donc ! Je suis Avocat.

MOMUS.

Palsanbleu ! voilà de quoi faire
Un brave & vigoureux Soldat !

Mais qu'avez-vous fait pour mériter l'honneur d'être Calotinisé ?

L'AVOCAT.

AIR 2. (*Quand je tiens de ce jus d'Octobre*)

Par une influence de Lune,
D'hymen j'ay pris le joug pesant.

MOMUS.

Cette folie est trop commune,
Pour être un titre suffisant.

L'AVOCAT.

AIR 7. (*Tu croyois, en aimant Colette*)

Attendez. J'ai choisi pour Femme
Une Gaillarde, dont les mœurs....

MOMUS.

Je vous entends. La bonne Dame
Vous marque au coin des Procureurs.

L'AVOCAT.

C'est cela même.

MOMUS.

AIR 29. (*Robin, ture lure lure*)

Mais, mon ami, portez-vous
Patiemment la coiffure?
Vous paroissez bon Époux.

L'AVOCAT, *branlant la tête.*

Turelure!
J'ai divulgé mon injure.

MOMUS, *d'un ton mocqueur.*

Robin, turelure lure.

L'AVOCAT.

AIR 31. (*Ma raison s'en va beau train*)

J'ai fait des * Factums tout pleins

* Un Avocat fit dans ce tems-là des Factums chargez de passages latins, pour prouver la mauvaise conduite de sa Femme.

De beaux passages latins,
De fort longs discours,
Contenant les tours
Que m'a fait l'Infidelle:
En prônant ses folles amours,
J'ai sû me venger d'elle.

MOMUS.

Oüida?

L'AVOCAT.

J'ai sû me venger d'elle.

MOMUS.

Bon. Voilà ce qu'il nous faut.

L'AVOCAT.

Mes Factums ont fait grand bruit; & ....

MOMUS.

AIR 6. (*Menuet de Mr. de Grandval*)

C'est assez. Votre affaire est faite.
(*à la Cantonnade*)
Calotins, écoutez Momus.
Que cet Avocat soit Trompette
Dans la Brigade des Cocus.

L'AVOCAT.

Que je vais être en bonne Compagnie!
(*il fait la reverence & s'en va.*)

SCENE IV.

MOMUS, la FOLIE, CE'PHISE.

CE'PHISE.

AIR 19. *(Joconde)*

Divin Momus, accordez-moi
Un moment d'audience.

La FOLIE, *bas à Momus.*

Oh! pour celle-ci, sur ma foi,
J'en réponds.

MOMUS, *à la Folie.*

Patience.

CE'PHISE.

Je vous le demande à genoux.

MOMUS.

Relevez-vous, ma Reine.
Une Mignonne comme vous
Doit l'obtenir sans peine.

CEPHISE, *montrant la Folie.*

AIR 15. *(Je ne suis né ni Roy, ni Prince)*

Cette Divinité badine
Prétend me faire Calotine.

La FOLIE.

On lui fait grand tort !

MOMUS.

En effet,
Pourquoi vous cabrer de la sorte ?
Sachez que la Calotte fait
Honneur à celui qui la porte.

CE'PHISE.

C'est un honneur qui ne m'est point dû.

La FOLIE.

Oh, que si ! Vous n'avez seulement qu'à conter votre histoire à Momus.

CE'PHISE.

AIR 41. (*Ton relon, ton ton*)

Certain Caissier de notre voisinage
Venoit chez moi faire le Céladon ;
Pendant deux mois à son tendre langage
Je répondis constamment sur ce ton :
Ton relon, ton ton,
Tontaine
La Tontaine,
Ton relon, ton ton,
Tontaine
La ton ton.

AIR 43. (*Folies d'Espagne*)

Je vais mourir, dit-il à ma Suivante,
En se plaignant un jour de ma rigueur;
Puisque Céphise à mon ardeur constante
Oppose, helas! un inflexible cœur.

AIR 64. (*Y-avance, y-avance*)

La Soubréte lui répondit:
Mon Garçon, tu n'as point d'esprit.
Veux-tu voir finir ta souffrance?

Faisant l'action de compter de l'argent.

Y-avance, y-avance, y-avance.

MOMUS.

Serviteur à la résistance.

CE'PHISE.

Il ne négligea point cet avis là.

La FOLIE.

AIR 65. (*Vous m'en contez toûjours*)

Et l'argent ne vous manqua pas? *bis.*

CE'PHISE.

Voyant que j'aimois les ducats,

Faisant encore l'action de compter de l'argent.

Il m'en comptoit, il m'en comptoit toûjours;

Mais un malheur finit le cours
De ces belles amours.

MOMUS.

Il fit banqueroute, n'est-ce pas ?

CEPHISE.

Justement.

MOMUS.

Et il vous laissa de bons effets ?

CEPHISE.

Pour plus de cent mille francs.

MOMUS, *à la Folie.*

AIR 9. (*Quel plaisir de voir Claudine*)

Elle n'est, parbleu pas sotte ;
Elle a tiré le bon bout ;
Cela sent peu la Marotte.

La FOLIE.

Un moment. Ecoutez tout.

CEPHISE.

Mais, helas ! un jeune Dissipateur, que j'ai trop cheri, m'a ruinée.

MOMUS, *à part.*

Ahi, ahi, ahi !

La FOLIE.

Nous y voilà.

CE'PHISE.

AIR 66. (*Helas! ce fut sa faute!*)

Après avoir eu tant de bien, *bis.*
Je ne me vois presque plus rien.

La FOLIE.

Ma foi, c'est votre faute.

MOMUS.

Oüi, vraîment, vous méritez bien
De porter la Calotte,
Lon la,
De porter la Calotte.

La FOLIE.

Oh! pour cela, oüi.

MOMUS.

AIR 5. (*Quand le péril est agréable*)

Momus, qui de la gent Ratiére
A droit de regler les destins,
De ses fidelles Calotins
Vous nomme Vivandiére.

CE'PHISE.

Comment? Vivandiére! vous n'y pensez pas.

MOMUS.

On n'appelle point de mes Jugemens. (*à la Folie.*) Faites-lui expédier un Brevet. (*Céphise sort avec la Folie.*) Mais quel Fantôme s'avance.

SCENE V.

MOMUS, Mr. PLUVIO.

Il a un manteau de toile cirée, & un chapeau couvert de même toile.

MOMUS.

Eh ! c'est notre ami Pluvio, ce grand * Parieur de pluïe !

Mr. PLUVIO.

AIR 14. (*Voulez-vous sçavoir qui des deux*)

Je viens encor, Seigneur Momus,
De gager quatre mille écus,
Qu'il doit pendant la quarantaine
Pleuvoir tous les jours à Paris.
Ma foi, ma fortune est certaine.

* Un particulier cette année là, voyant qu'il pleuvoit le jour de la fête S. Gervais, paria des sommes considérables contre plusieurs personnes qu'il pleuvroit 40. jours de suite. Il fit effectivement de la pluïe pendant 15. jours ; mais le tems se mit au beau, & ruina le Partisan du Proverbe.

MOMUS.

Vous faites-là de beaux paris !

L'Obſervatoire ne ſeroit-il point de moitié avec vous !

Mr. PLUVIO.

AIR 67. (*L'eau qui tombe goute à goute*)

Vous raillez de ma gageure ;
Mais je gagnerai pourtant.

Regardant en l'air avec agitation.

Je vois une nüe obſcure ;
Il pleuvra dans un inſtant.
L'eau qui tombe goute à goute....
Paix !

(*il écoute.*)

MOMUS, *à part.*

Que diable eſt-ce qu'il veut ?

(*haut.*)

Que faites-vous là ?

Mr. PLUVIO.

J'écoute.

MOMUS.

C'eſt un Ecoute-s'il-pleut.

Mr. PLUVIO.

Vous plaiſantez mal-à-propos. Il pleut aſſurément.

MOMUS, *à part.*

Ce Fou-là n'a que sa pluïe en tête.

AIR 68. (*Tout le long de la Riviére*)

Pauvre Fanatique,
Tu vas bien gagner!
Mortel aquatique,
Va te promener
Tout le long de la Riviére,
Laire,
Lon lan la,
Tout le long de la Riviére,
L'hôpital est là.

Mr. PLUVIO, *s'envelopant de son manteau.*

Oh! pour le coup, il pleut. Quelle pluïe d'or!

AIR 69. (*Le tems se barboüille*)

Oüi, ventrebleu, je me moüille.

MOMUS.

Pas encor.

Mr. PLUVIO.

Cela viendra.

MOMUS.

Pour vous & pour la grenoüille
Quel grand profit ce sera!

Mr. PLUVIO, *riant & sautant.*

Le tems se barboüille, boüille, boüille,
Le tems se barboüillera.

MOMUS, *l'embrassant & lui crachant au (visage.*

Vous êtes un homme impayable, Mr. Pluvio.

Mr. PLUVIO, *s'essuyant.*

Ah! que diable....

MOMUS.

C'est de la pluïe, mon cher, c'est de la pluïe.

AIR I. (*Réveillez-vous, Belle endormie*)

Je vous assigne une trentaine
De mille écus de revenu,
Sur tous les broüillards de la Seine.

Mr. PLUVIO.

Je vais gager comme un perdu.

MOMUS.

AIR 20. (*Allons, gay*)

Pour mieux vous mettre en vogue,
L'Ami, dês ce moment
Je vous fait l'Astrologue
De notre Regiment.

Mr. PLUVIO, *s'en allant.*

Allons, gay,
D'un air gay,
Toûjours gay, &c.

MOMUS.

Je crois après tout que ce Drôle-là seroit mieux aux Petites-maisons, que dans le Regiment.

SCENE VI.

MOMUS, un POETE.

MOMUS, *à part.*

Mais que vois-je? Quel est ce Seigneur-là?

Le POETE.

AIR 70. (*Musette de Callirhoé*)

Grand Momus,
Je suis Poëte,
Interpréte
Du Fils de Vénus:
Du Lyrique,
Tant qu'on voudra;
Ma boutique
Fournit l'Opéra.

Qui désire
Bien écrire,
Ou bien dire,
Soit dans la Province, ou dans Paris,
Je compose
De la prose
A tout prix.

MOMUS.

N'auriez-vous point quelque harangue de hazard pour un Tambour qui doit être reçu dans le Regiment ?

Le POETE, *faisant l'action de compter de l'argent.*

Il n'a qu'à parler.

MOMUS.

AIR 24. (*Les filles de Nanterre*)

Un Auteur doit-il faire
Des gestes de Banquier ?

Le POETE.

Oh ! je suis un Compere
Qui sait plus d'un métier.

MOMUS.

M'apportez-vous quelque Ode à ma loüange?

Le POETE.

AIR 50. (*A la façon de Barbari*)

Loüer n'eſt point du tout l'emploi
De ma cauſtique Muſe ;
A vanter tout autre que moi
Ma plume ſe refuſe :
Je ſais mieux donner un lardon,
La faridondaine,
La faridondon.

MOMUS.

Mais ſouvent on le paye ici,
Biribi,
A la façon de Barbari,
Mon ami.

Le POETE.

A propos de payer. Je n'ai encore rien reçû pour tous les ſervices que j'ai rendus au Regiment de la Calotte.

MOMUS.

Quels ſervices ?

Le POETE.

Hé mais, j'ai fait, comme vous ſavez, certains Brevets. . . . .

MOMUS.

MOMUS.

Ah! je ne ſongeois point à ce travail-là.

AIR 71. (*Laiſſons-là la fumée*)

Je veux, pour récompenſe,
Vous donner tous les ans
Une belle Ordonnance
De quatre mille francs.
Vous les prendrez ſur toutes les fumées
Que font de nos Grivois les pipes allumées.

Le POETE.

AIR 13. (*Laire la, laire lan-laire*)

Je ne ſais quel remerciment....

MOMUS.

Ce n'eſt pas tout. Du Regiment
Je vous fais le Sous-Secretaire.

Le POETE, *d'un air mécontent.*

Laire la, laire lan-laire,
Laire la,
Laire lan-la.

MOMUS.

Vous méritez un meilleur poſte; mais vous y parviendrez.

AIR 72. (*Jean-Gille*)

On vous connoît pour habile,
Jean-Gille,
Gille, joli Jean;
On prise votre beau stile,
Jean-Gille,
Gille, joli Gille,
Gille, joli Jean.
Joli Jean, Jean-Gille,
Dans le Regiment.

LE POETE.

Sous-Secretaire! Moi Sous-Secretaire!

MOMUS.

Vous êtes remuant, vous vous pousserez.

LE POETE.

Du diable!

AIR 73. (*Ma Comère, quand je danse*)

Je ne puis rester en place;
Nul emploi ne me lîra:
Je sors d'ici, je sors de là,
Je sors d'ici, r'entre là, sors de là.
Ce n'est pas que l'on me chasse.

MOMUS.

Tout le monde fait cela.

Allez, Monsieur le Sous-Secretaire, allez m'attendre au Drapeau.

SCENE VII.

MOMUS, DORIME'NE.

MOMUS, *à part.*

Ventrebleu! Voici de l'Ustencile pour le Regiment.

haut à Dorimène.

Bon-jour, aimable Jouvencelle.

DORIME'NE.

AIR 74. (*Si ma Philis vient en vendange*)

Salut au Dieu de la Satire.

MOMUS.

Qui peut ici vous attirer?

Estes-vous du Corps?

DORIME'NE.

Non vraîment.

MOMUS.

C'est-à-dire

Que vous venez vous faire incorporer.

DORIMENE.

Ma phisionomie vous paroît-elle demander de l'emploi dans le Regiment ?

MOMUS.

Sans doute. Et j'aurois envie de vous mettre à la queuë de la Brigade des Endormis, pour les réveiller.

DORIMENE.

Oüida ?

MOMUS.

AIR 9. (*Quel plaisir de voir Claudine*)

Pour mettre un Cœur à la chaîne,
Il ne vous faut qu'un soûris ;
Vous devez, ma belle Héléne,
Avoir nombre de Pâris.

DORIMENE.

AIR 17. (*Landeriri*)

Plus de cinquante tour-à-tour
Sont venus me faire la cour,
Landerirette ;
Mais je n'en ai plus aujourd'hui,
Landeriri.

MOMUS.

Cela m'étonne.

DORIMENE.

Il m'a d'abord passé par les mains un Joueur.

MOMUS.

Mauvaise pratique! Il y a bien des vicissitudes dans la dépense de ces gens-là.

DORIMENE.

Je vous en réponds. On ne peut manger avec eux une Perdrix qu'avec la permission d'un Paroli, ou d'une Réjouïssance.

AIR 16. (*Les Feüillantines*)

La cuisine de Messieurs
Les Joüeurs
Est sujéte aux non-valeurs:
Aujourd'hui bécasse & truite;
Et demain, (*bis*) point de marmite.

MOMUS.

Oh, dame! ce n'est pas là la marmite des Chanoines.

DORIMENE.

Au Joüeur a succedé un Agioteur.

MOMUS.

Cela est plus solide.

DORIMÉNE.

Point du tout. L'Agiot a ses révolutions comme le Jeu.

AIR 11. (*On n'aime point dans nos forêts*)

La maison d'un Agioteur,
Qui paroît si bien étofée,
Ressemble au palais enchanteur
Que d'un mot bâtit une Fée;
Ce n'est qu'un objet décevant:
Autant en emporte le vent.

MOMUS.

Oüi. Un coup de baguette fait cette affaire là.

DORIMÉNE.

Après l'Agioteur, il se présenta un jeune Musicien.

AIR 75. (*Tourelouriretté*)

Du Dieu de Cythére
C'étoit le minois;
De plus, le Compére
Avoit un, tourelourirette,
Avoit un, lonla derirette,
Un beau son de voix.

MOMUS.

AIR 48. (*Est-ce ainsi qu'on prend les Belles*)

Ce Rossignol de Ruelles
Par sa voix vous engeolla ?

DORIMÈNE.

Il m'offrit chansons nouvelles;
Mais il n'avoit que cela.
Est-ce ainsi qu'on prend les Belles ?
Lonlanla,
O gué lonla.

MOMUS.

Il vous falloit un autre Rossignol que celui-là. Et quel autre Amant obtint la survivance de votre petit Orphée?

DORIMÈNE.

C'est ce que j'ai oublié. J'en ai depuis congedié je ne sais combien, qui ne me convenoient pas plus que lui.

MOMUS.

AIR 47. (*Adieu paniers*)

On ne peut fixer les Coquettes.

DORIMÈNE.

Les hommes sont-ils plus constans ?
Dès que nous les rendons contens,
Adieu, paniers, vendanges sont faites.

MOMUS.

Cela est vrai. Les Petit-maîtres ont corrompu la masse de la galanterie.

DORIME'NE.

AIR 76. (*Menuet des Huit-saous*)

Dieu des Plaisirs, Fils de Vénus,
Que devient ta gloire?
On ne voit plus
Que chez Bacchus
Des gens assidus:
On suit trois jours
Les Amours,
Quelle victoire!
Les foibles Amans sont las,
Dès qu'ils font seulement quatre pas.
On suit trois jours
Les Amours,
Quelle victoire!
Les foibles Amans sont las,
Dès qu'ils font seulement quatre pas.

MOMUS.

Je vois bien que vous connoissez les hommes.

DORIME'NE.

A merveilles. Et je viens exprès à la

revûë de votre Regiment, pour chercher mon fait.

MOMUS.

AIR 4. (*Comme un Coucou que l'amour presse*)

Je veux bien vous rendre service.
Pour mieux vous choisir un Amant,
Je vous établis Inspectrice
De mon célébre Regiment.

Doriméne fait une révérence, & se retire. Momus, pendant qu'elle s'en va, dit à part.

Voilà une petite friponne d'Inspectrice, qui ne souffrira pas les Traîneurs.

SCENE VIII.

MOMUS, la FOLIE, PANTALON.

LA FOLIE.

Je vous présente le Seigneur Pantalon.

MOMUS.

Eh ! que vient-il faire ici ?

PANTALON, *saluant Momus.*

Son deputato della mia Compania....

MOMUS, *le contrefaisant.*

Mia Compania. Oh ! que diable, gardez votre Italien pour la Ville; il faut parler François dans les Fauxbourgs.

PANTALON.

AIR 77. (*Faites boire à triple mesure.*)

Mes Camarades voudroient être
Acteurs de votre Regiment ;
Je viens ici, souverain Maître,
Vous demander votre agrément.

MOMUS.

Voilà les Italiens, ils veulent être partout.

La FOLIE.

AIR 23. (*O reguingué, ô lonlanla*)

Momus, il faut les recevoir. *bis.*

MOMUS.

Très-volontiers, s'ils me font voir,
O reguingué, ô lonlanla,
Des titres qui soient autentiques.

PANTALON.

Nous en avons de magnifiques.

Prim). Nous avons quitté notre Hôtel,

AIR 33. (*Jardinier, ne vois-tu pas*)

* Et transporté noblement
Notre Laboratoire
Au Fauxbourg de saint Laurent,
Appellé vulgairement
La Foire, la Foire, la Foire.

AIR 78. (*Le long de çà, le long de là*)

Nos Partisans font l'éloge
De ce déménagement :
Nous prenons un air de Doge :
Nous affichons fiérement
Le long de çà,
Le long de là,
Le long de la Loge,
Par derriére & par devant.

LA FOLIE.

Voilà de bons tîtres, cela !

MOMUS.

Point-du-tout. Puisque le Spectateur fuit les Italiens dans la Ville, ils font bien de le venir chercher à la Foire.

* Les Italiens, en s'établissant à la Foire de S. Laurent, (comme il en est parlé dans l'avant derniere Scene du *Rappel*) annoncérent dans leur affiche qu'ils joüeroient une telle Piéce *sur leur Theâtre du Fauxbourg de S. Laurent*, pour éviter le mot de *Foire*.

La FOLIE.

AIR 21. (*Talaleririe*)

Momus est par trop difficile.

MOMUS.

Mais je ne vois point là de Rats.

La FOLIE.

Quoi vouloir lutter contre Gille!

MOMUS.

Pourquoi non?

PANTALON.

Vous ne tiendrez pas.

Contre ce que je vais vous dire.

MOMUS, *branlant la tête*

Talaleri, talaleri, talalerire.

PANTALON.

AIR 79. (*Quand la Mer-Rouge apparut*)

* Nous avons, pour plaire aux yeux,
Fait grande dépense,
Croyant qu'on n'aime en ces lieux
Que vaine apparence:

* Les Italiens firent une dépense prodigieuse en décorations & en habits pour une Piéce qui n'eut pas un grand succez.

Mais le trait original,
C'est d'imaginer un * Bal
Dans la Ca, ca, ca,
Dans la ni, ni, ni,
Dans la cu, cu, cu,
Dans la Ca, dans la ni, dans la cu,
Dans la Canicule.
Chose ridicule !

La FOLIE, *à Momus.*

Hé-bien ?

MOMUS.

Oh ! Je me rends à cela.

AIR 12. (*Amis, sans regréter Paris*)

Je vois, mon ami Pantalon,
Que ta Troupe mérite,
A ce brillant échantillon,
D'être ma favorite.

PANTALON, *faisant une profonde revérence à Momus.*

La ringratio, Signor, la ringratio.

MOMUS.

Allons. Vous serez reçû tout-à-l'heure pour vous & vos Confreres.

* Ils donnérent à la Foire pendant la Canicule un Bal qui leur couta beaucoup, & où personne n'alloit.

LA FOLIE.

Il faut remettre à demain les autres réceptions.

MOMUS, *à la Cantonade*

AIR 80. (*Buvons à nous quatre*)

Folâtre Milice
Qui suivez mes loix,
Accourez tous à ma voix;
Et qu'on applaudisse
A mon juste choix.

SCENE IX. & DERNIERE.

MOMUS, la FOLIE, PANTALON, Troupe de CALOTINS & de CALOTINES.

L'Orchestre joue une Marche folle. On voit paroître trois Danseurs & trois Danseuses que suivent une douzaine de Calotins tous vêtus de Robes à longues manches parsemées de Rats. Ils ont la Calotte en tête & la Marotte à la main. Après eux marchent deux Enfans vêtus de même & portant à la main l'un une grosse Calotte & l'autre une Marotte. Momus, la Folie & Pantalon ferment la Marche. Après quoi, on apporte une espéce de Chaire de Professeur dans laquelle se met Momus. Pantalon s'assied au bas de la Chaire, sur un tabouret. Les Calotins Examinateurs, se placent sur des bancs qu'apportent les Danseurs & qu'on range des deux côtez de la Chaire. Quand chacun a pris sa place, Momus adresse ce discours à l'Assemblée, à l'imitation de la Ceremonie du Malade Imaginaire.

MOMUS.

Messiores Calotini,
Meo favore si digni,
Dans le grand besoin qu'avetis
De bonis Comedianis,
Vous ne pouvez mieux facere
Qu'Italianos prendére.
Volunt cum vobis essere,
Pour vous benè divertire,
Tant par bonis Comediis,
Que par Balis magnificis,
Habilis homo que voici,
Pour cet effectu vient ici.
Recevendo istam Barbam,
Recevretis totam Troupam.
Illum, in choisis Théâtri,
Vous pouvez interrogeare,
Et à fond examinare
S'il a l'esprit Regimenti.

I. CALOTIN.

Cum Momi permissione,
Très docte Comediane,
Tibi ferai questionem
A mon avis importantem:
Quandò vestræ Piecès novæ
Vous sembleront trop frigida,
Pour bien illas rechaufare,
Quid illis facere?

PANTALON.

Theatrum decorare,
Posteà cantare,
Ensuita dansare.

CHOEUR, *chantant.*

AIR 81.

Benè, benè respondere:
Dignus, dignus est entrare
In Calotino corpore.

II. CALOTIN.

Si voisini dans leurs Piecès
Avoient bellas Novitates,

Benè scriptas & salaces,
Quid, pour illis resistare,
Trovas à propos facere?

PANTALON.

Theatrum decorare,
Posteà cantare,
Ensuita dansare.

CHOEUR.

Benè, benè respondere:
Dignus, dignus est entrare
In Calotino corpore.

III. CALOTIN.

Mais si, malgré vos Lepôres,
La foule des Spectatores,
Alloibat aux Saltatores,
Pour chez vous la ramenare,
Quid alors facere?

PANTALON.

Theatrum decorare,
Posteà cantare,
Ensuita dansare,

CHOEUR.

Benè, benè respondere:
Dignus, dignus est entrare
In Calotino corpore.

MOMUS, *à Pantalon.*

Juras gardare statuta
A la raison contraria,
Observez in Régimento?

PANTALON.

Juro.

MOMUS.

De non jamais te servire
D'Auteurs qui soient meliores
Que vos Auteurs ordinares,
Troupa dût-elle crevare,
Ou sortire du Royaumo?

PANTALON.

Juro.

MOMUS, *prenant la Calotte & la Marotte (des mains des deux Enfans.*

Ego, cum istâ Calottâ
Auriculis decoratâ,

Atque cum istâ Marottâ
Aux Originaux debitâ,
Tibi tuisque Confreris,
In Paradibus versatis,
Plenam puissantiam dono
Decorandi,
Cantandi,
Balandi,
Baragoüinandi,
Et ennuïandi,
Tant in Villâ, qu'au Fauxbourgo.

L'Orchestre reprend la Marche. Les Calotins vont saluer l'un après l'autre Pantalon. Les Danseurs s'avancent ensuite & forment une Danse qui est suivie de ce Vaudeville.

VAUDEVILLE.

AIR 82. (*De Monsieur Aubert*)

PREMIER COUPLET.

Un CALOTIN.

Vive la Calotte,
Ce beau Regiment!
Oh! que la Marotte
Donne d'agrément!

Voit-on jamais le chagrin
Chez un digne Calotin ?
Tin, tin, tin, tin, tin, terelin, tin, tin.

CHOEUR.

Voit-on jamais, &c.

II. COUPLET.

Une CALOTINE.

Beautez mal-pourvûës,
Venez promptement
Faire vos recruës
Dans le Regiment ;
Pour l'amour vif & badin
Rien n'est tel qu'un Calotin.
Tin, tin, tin, tin, tin, terelin, tin, tin.

CHOEUR.

Pour l'amour, &c.

III. COUPLET.

PANTALON.

Jaloux, de vos flammes,
Calmez les vapeurs ;
Sentez pour vos femmes
De douces ardeurs :

Jamais le grondeur Vulcain
Ne fut qu'un sot Calotin.
Tin, tin, tin, tin, tin, terelin, tin, tin.

CHOEUR.

Jamais le grondeur, &c.

IV. COUPLET.

Une CALOTINE.

Le Dieu de Cythére,
Ce Ratier charmant,
A quitté sa Mere
Pour le Regiment:
Son ami le Dieu du vin
Est aussi bon Calotin,
Tin, tin, tin, tin, tin, terelin, tin, tin.

CHOEUR.

Son ami le Dieu, &c.

V. COUPLET.

ARLEQUIN, *au public.*

Pour nous quelle joye!
Quel contentement!
Si l'on nous envoye
Par jour seulement

Un Détachement benin
De ce Regiment badin !
Tin, tin, tin, tin, terelin, tin, tin.

CHOEUR.

Un Détachement, &c.

FIN.

L'OMBRE DU COCHER POETE.

Prologue des deux Piéces suivantes.

Representé par les Marionettes Etrangéres à la Foire de S. Germain 1722.

Avertissement.

Les Auteurs de l'Opéra Comique, voyant encore une fois leur Spectacle fermé, plus animez par la vengeance que par un esprit d'interêt, s'avisérent d'acheter une douzaine de Marionettes, & de loüer une Loge, où, comme des Assiégez dans leurs derniers Retranchemens, ils rendirent encore leurs armes redoutables. Leurs Ennemis poussez d'une nouvelle fureur, firent de nouveaux efforts contre Polichinelle chantant; mais ils n'en sortirent pas à leur honneur.

ACTEURS.

POLICHINELLE.

Le COMPERE.

PIERROT.

ARLEQUIN.

COLOMBINE.

GRIBOURI, Enchanteur.

L'OMBRE du COCHER POETE.

Troupe d'HABITANS du Pont-neuf.

La Scene est à Paris sur le Pont-neuf.

L'OMBRE

J'en valons bien d'autres
Le Cocher Poëte.
Bonard del.
F. Pailly sc.

L'OMBRE DU COCHER POETE.

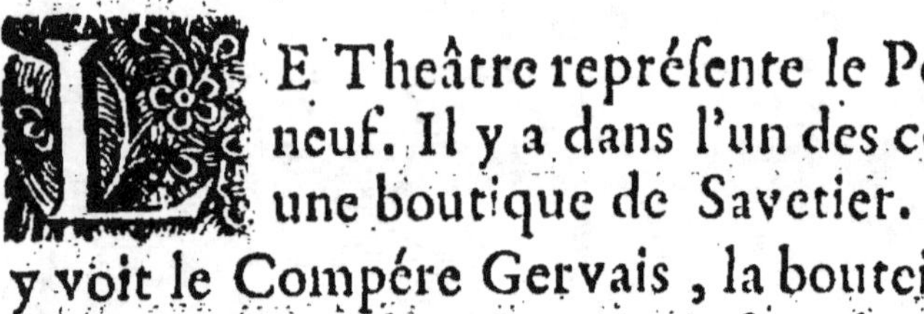

LE Theâtre représente le Pont-neuf. Il y a dans l'un des côtez une boutique de Savetier. On y voit le Compére Gervais, la bouteille à la main, qui chante, en apostrophant sa Linote.

SCENE PREMIERE.

LE COMPERE, *seul.*

SUR L'AIR 83. (*La Tontine est une methode*)

Petit oiseau, qui dans ta cage
Chantes le soir & le matin,
Tu chanterois bien davantage,
Si tu buvois, (*bis*) de ce bon vin.

Tu chanterois bien davantage
Si tu buvois de ce bon vin.

SCENE II.

Le COMPERE, POLICHINELLE (*en guêtres, & un bâton à la main.*

POLICHINELLE, *à part.*

O che fatiga! Me voici donc arrivé à Paris par la commodité de mes Sabots comme un apprenti Financier.

Le COMPERE, *courant embrasser Polichinelle.*

Eh! C'est le Compére Polichinelle!

POLICHINELLE, *faisant deux pas en arriere.*

Vous êtes bien familier, mon ami! Est-ce que nous aurions gardé les cochons ensemble?

Le COMPERE.

Je vous demande pardon, Monsieur. J'ai pris votre nez pour mes fesses. Je vous ai crû le Polichinelle de Paris.

POLICHINELLE.

Non. Je suis le Polichinelle de Rome.

Le COMPERE.

Quoi, vous seriez ce Jean Polichinelle de Rome, Oncle & Legataire universel de Madame Perrette la Foire ?

POLICHINELLE.

Oüi, vraiment.

Le COMPERE.

Vous venez, sans doute, recuëillir sa succession ?

POLICHINELLE.

C'est mon dessein. Je viens tenir sa place à Paris.

Le COMPERE, *lui prenant la main.*

Pargoi, j'en suis ravi ! Vous allez devenir mon Compére ; car je le suis de tous les Polichinelles passez, présents & à venir.

POLICHINELLE.

A la bonne heure.

Le COMPERE.

Avez-vous des Acteurs ?

POLICHINELLE.

J'en ai un quarteron.

Le COMPERE.

Sont-ils bons ?

POLICHINELLE.

Pas mauvais. Mais ſi par hazard il s'en trouve quelqu'un qui déplaiſe au Public, je vous le jette auſſitôt au feu, & j'en fais faire un autre.

Le COMPERE.

Cela eſt commode. On ſe défait comme cela facilement d'un mauvais Acteur.

POLICHINELLE.

Et on n'eſt point obligé de lui faire une penſion,

Le COMPERE.

Mais puiſque vous êtes héritier de la Foire, vous joüerez donc des Piéces en Vaudevilles?

POLICHINELLE.

Bien entendu.

Le COMPERE.

Vos Camarades ont de la voix, apparemment ?

POLICHINELLE.

Pas tant que moi ; mais ils l'ont aſſez jolie.

Le COMPERE.

Vous me donnez envie de vous entendre. Voyons un peu quelle voix vous avez ; lâchez-moi un ton ſeulement.

POLICHINELLE.

Voulez-vous un ton majeur ou un ton mineur ?

Le COMPERE.

Celui que vous voudrez.

POLICHINELLE.

Ecoutez. (*il pette.*)

Le COMPERE.

Fi le vilain !

POLICHINELLE.

Comment vilain ? Hé, ne ſavez-vous pas bien que les pets ſont à Polichinelle, ce que les coups de batte ſont à Arlequin? Arlequin bâtonne, Polichinelle pette ; c'eſt ce qui les caractériſe.

Le COMPERE.

D'accord : mais donnez-moi un ton du goſier d'enhaut.

POLICHINELLE.

Oüidà. (*il prélude d'un ton fort enroüé.*)

Le COMPERE.

Ah ! quelle voix !

POLICHINELLE.

Vous êtes bien délicat, Compére ! Il n'y en a pas une pareille à l'Opera.

Le COMPERE.

Ma foi, je vous conseille de renoncer à la succession.

POLICHINELLE.

Pourquoi donc ?

Le COMPERE.

Hé ! que diable, vous chantez comme un Crapaut.

POLICHINELLE.

Hé-bien, si nous ne pouvons pas chanter, nous parlerons.

Le COMPERE.

Vous ne gagnerez pas de l'eau à boire. Les Parisiens rassasiez d'Opera & de Comedies, vont à la Foire prendre des Vaudevilles, comme une petite goute de *cette affaire*.

POLICHINELLE.

Me voilà donc bien avancé.

Le COMPERE, *regardant derriére lui d'un air effrayé.*

Qu'est-ce que je vois là ?

POLICHINELLE.

La vilaine figure !

Le COMPERE, *se sauvant.*

Eh ! c'est le diable !

SCENE III.

POLICHINELLE, GRIBOURI, *Enchanteur.*

POLICHINELLE, *voulant fuir.*

Sauve qui peut !

GRIBOURI, *le touchant de sa baguette.*

Arrête, Polichinelle, arrête ! Tu fuis le meilleur de tes amis.

POLICHINELLE, *tremblant.*

Eh ! Monsieur, ce n'est pas moi !

GRIBOURI.

Je suis l'Enchanteur Gribouri.

POLICHINELLE.

Ahi, ahi, ahi, ahi, ahi!

GRIBOURI.

AIR 60. (*Je ne suis pas si diable*)

Que ma mine effroyable
Ne te fasse pas peur.
En ami secourable,
Je viens pour ton bonheur,
De mon art admirable
Employer le pouvoir.
Je ne suis pas si diable
Que je suis noir.

Je t'apporte des Piéces en Vaudevilles.

POLICHINELLE.

Que voulez-vous que nous en fassions? Nous ne savons point chanter.

GRIBOURI.

Que cela ne t'embarasse pas. Fais seulement venir tes Camarades.

POLICHINELLE.

J'y cours.... Mais les voici.

SCENE IV.

POLICHINELLE, GRIBOURI, PIERROT, ARLEQUIN, COLOMBINE.

POLICHINELLE.

Mes enfans, vous voyez un grand Enchanteur qui veut bien faire quelque diablerie pour nous.

GRIBOURI.

Oüi. Vous pouvez compter ſur moi.

ARLEQUIN.

Nous vous ſommes bien obligez.

GRIBOURI.

Pour vous donner le talent qui vous manque, je vais évoquer l'Ombre poëtique du célébre Cocher, qui a ſi longtems entretenu les Opera ambulans de Paris par ſes *Tureluré*.

PIERROT, *effrayé*.

Mais prenez bien garde à ce que vous allez faire au moins.

GRIBOURI.

Ne craignez rien.

(Il fait avec sa baguettes des gestes Cabalistiques en prononçant ces paroles :)

Mirlababi, Serlababo,
Mirlababibobette.

(Il chante ensuite.)

AIR 43. *(Folies d'Espagne)*

Grand Apollon de la Samaritaine,
Fameux Cocher, Pére des Livres bleus,
Tes *Laire la*, tes *Diguedon dondaine*,
A tous jamais vivront chez nos Neveux.

AIR 15. *(Je ne suis né ni Roy, ni Prince)*

Devant ta burlesque éloquence
Tout Rimeur doit baisser la lance;
Et comme on garde à Montpellier
De Rabelais la siquenille,
Dans le Poëtique Atelier
Les Muses gardent ta mandille.

AIR 84. *(Je suis la fleur des Garçons du village)*

Sors des Enfers.....

COLOMBINE, *poussant un grand cri.*

Ah!

POLICHINELLE.

Hoïmé !

ARLEQUIN.

Poveretto mi !

PIERROT.

Misericorde !

GRIBOURI.

Rassûrez-vous.

Il reprend l'air commencé.

Sors des Enfers, où l'on t'a mis, sans doute,
Près du célébre Anacréon ;
A ces Acteurs viens enseigner la route
De ton Chansonnier Hélicon.

PIERROT.

Hé ! y-allons donc vîte, Monsieur le Fiacre des Muses ! *Dia-hur-hiau !*

GRIBOURI.

Tai-toi donc avec ton *Dia-hur-hiau !* Il semble que tu parles à un Boüieur.

(*Il sort des flammes de dessous le Theâtre.*)

COLOMBINE.

Que de feux sortent tout à coup de la Terre !

POLICHINELLE.

Sonnno perduti !

ARLEQUIN.

Au feu ! au feu !

PIERROT.

Les pompes ! les pompes ! Elles viendront quand nous ſerons rôtis !

GRIBOURI.

Paix donc, Braillards ! Laiſſez-moi achever.

POLICHINELLE.

Voilà bien des ceremonies, pour faire venir un Cocher.

GRIBOURI.

AIR 64. (*Y-avance, y-avance*)

Rotomago, double pas ;
Vien donc, Cocher, ne tarde pas ;
Nous implorons ton aſſiſtance :
Y-avance, y avance, y-avance,
Honore-nous de ta préſence.

Il va venir.

(*On entend claquer un foüet.*)

AIR 5. (*Quand le péril est agréable*)

J'entends deja son foüet qui claque.
Nous l'allons voir. Il est bien près.
Le voilà. Je le reconnois
A sa verte casaque.

ARLEQUIN.

Il est jaune & verd.

PIERROT.

Il faut qu'il soit fils de quelque Perroquet.

SCENE V.

POLICHINELLE, ARLEQUIN, PIERROT, COLOMBINE, le COCHER, *en habit & casaque verds avec un galon aurore, & un foüet à la main.*

Le COCHER, *à Gribouri.*

AIR 20. (*Allons, gay*)

Ta voix s'est fait entendre
Jusqu'au fond des Enfers ;
Je viens ici me rendre
Pour te chanter mes airs :
Allons, gay,
D'un air gay, &c.

PIERROT.

Ma foy, voilà un bon vivant de Trépassé.

GRIBOURI, *au Cocher.*

AIR 85. (*Appren-moi, cher Amant*)

Mets cette Troupe mal-habile
En état de briller ici;
Appren-leur, cher ami,
Comme on fait, comme on dit un Vaudeville;
Appren-leur, cher ami,
A chanter *sol-fa-mi.*

Le COCHER.

AIR 86. (*J'offre ici mon savoir-faire*)

Puisqu'ainsi tu le souhaites,
Je les prend pour mes Ecoliers;
J'en ferai de bons Chansonniers,
Et je les rendrai tous Poëtes.
J'en ferai de bons Chansonniers,
Et je les rendrai tous Poëtes.

PIERROT.

Si vous faites ça, la Vache est à nous.

GRIBOURI, *au Cocher.*

AIR 39. (*Flon, flon*)

Donnez sur les épaules
Deux ou trois coups de foüet
A chacun de ces Drôles,
Le charme sera fait.

Le COCHER, *leur donnant de son foüet.*

Flon, flon,
Larira dondaine,
Flon, flon,
Larira dondon,

POLICHINELLE, *serrant les épaules.*

Tout beau, Monsieur le Cocher, tout beau! Me prenez-vous pour quelque cheval rétif?

PIERROT, *portant la main à son gosier.*

Ahi, ahi! Je sens quelque chose qui me chatoüille-là.

ARLEQUIN.

Je ne sais ce qui me demange dans la gorge.

GRIBOURI.

Ha-ha! C'est le foüet qui a opéré.

PIERROT.

AIR 87. (*Un certain je ne sais qu'est-ce*)

Quel changement se fait en moi,
Par la vertu diablesse!
Ma langue prend de la souplesse,
Et dans mon gosier, par ma foi,
Je sens un certain je ne sais qu'est-ce,
Je sens un certain je ne sais quoi.

GRIBOURI.

C'eſt la voix qui te gagne. Et toy, Arlequin ? voyons à préſent comme tu chante.

ARLEQUIN.

AIR 18. (*Lonlanla, derirette*)

Soit par bé quarre, ou par bé mol,
Je chante comme un Roſſignol,
Lonlanla, derirette.
Ah ! que je vais être applaudi !
Lonlanla, deriri.

GRIBOURI.

Fort bien.

POLICHINELLE.

Qu'on m'écoute auſſi.

AIR 78. (*Le long de çà, le long de là*)

Ce feu Meneur de Caroſſe
Vient de me rendre ſavant.
La voix, comme un pois ſans coſſe,
Va rouler dorénavant
Le long de çà,
Le long de là,
Le long de ma boſſe,
Par derriére & par devant.

GRIBOURI.

Cela est à merveilles.

POLICHINELLE.

Quel plaisir de savoir chanter !

Le COCHER.

Çà, mes enfans, vous êtes à présent en état de faire revivre l'Opera Comique. Vous allez attirer tout Paris.

PIERROT.

Peste !

GRIBOURI.

Je vais pour cela leur donner deux Piéces tirées du Magazin de la Niéce de Polichinelle. L'une intitulée : *Le Remouleur d'Amour*, & l'autre : *Pierrot Romulus*.

PIERROT.

Je crois que cela sera drôle.

AIR 88. (*Ho-ho ! Tourelouribo*)

Du fameux Cocher chantons la gloire.

CHOEUR.

Ho-ho !
Tourelouribo.

PIERROT.

Nous allons, s'il faut l'en croire,

CHOEUR.

Ho - ho !

Tourelouribo.

PIERROT.

Triomphe à cette Foire.

CHOEUR.

Ho - ho - ho !

Tourelouribo.

AIR (*Parodié de Phaëton*)

Le Cocher qui nous fait braire,
N'a rien fait qui n'ait sû plaire.
Chantons, ne cessons jamais
De publier ses Couplets.

GRIBOURI.

O vous, Citoyens du Pont-neuf ! venez tous rendre hommage au fameux Poëte du Cheval de bronze.

L'Orchestre jouë l'Air : Flon, flon.

POLICHINELLE.

Ils vont paroître. J'entends *flon flon*, la Marche du Pont-neuf.

SCENE VI. & DERNIERE.

Les ACTEURS de la Scene précedente, l'ESPAGNOLETTE, l'OPERATEUR son mari, *chacun sur leur petit cheval.* Un PORTEFAIX, une CRIEUSE de vieux chapeaux, un TISANIER, un DE'CROTEUR, le petit TROMPETTE, le CHANSONNIER *avec son habit de plumes & son Coq en tête.*

Ils arrivent tous en dansant. Après qu'ils ont dansé le Cocher leur dit :

Le COCHER.

Avant que je retourne aux Enfers, je veux vous laisser un nouveau Vaudeville de ma façon. Ecoutez.

AIR 89. (*Des Poëtes*)

PREMIER COUPLET.

Grands Auteurs, quittez la Lyre,
Et cessez de travailler;
A présent on aime à rire;
Le sublime fait bâiller :
C'est le tic, tic, tic,
C'est le tic du Public.

CHOEUR.

C'est le tic, &c.

II. Couplet.

PIERROT.

Dans ce tems joyeux, les Belles
N'ont plus de tristes momens;
Et comme des sœurs jumelles
Vivent avec leurs Mamans:
C'est le tic, tic, tic,
C'est le tic du Public.

CHOEUR.

C'est le tic, &c.

III. Couplet.

L'ESPAGNOLETTE.

On aime & l'on boit bouteille,
Sans appréhender le hic;
Avec le Dieu de la Treille
Cupidon vit à-pic-nic:
C'est le tic, tic, tic,
C'est le tic du Public.

CHOEUR.

C'est le tic, &c.

IV. COUPLET.

POLICHINELLE, *aux Spectateurs.*

Qu'une affluence éternelle
Soit chez les [illegible]urs de bois ;
Et que de Polichinelle
L'on dise tout d'une voix :
C'est le tic, tic, tic,
C'est le tic, du Public.

CHOEUR.

C'est le tic, &c.

Fin du Prologue.

LE
REMOULEUR D'AMOUR.

Piéce d'un Acte.

Representée par les Marionettes Etrangeres à la Foire de S. Germain 1722.

ACTEURS.

L'AMOUR.

PIERROT, Remouleur.

FANCHETTE, Couturiere aimée de Pierrot.

Un PETIT-MAISTRE, Arlequin.

Une COQUETTE.

Mr. VIROSOLI, Maître de Pension.

COLIN, Paysan.

CLAUDINE, Paysanne.

Un SUISSE.

Troupe de PELERINS & de PELERINES de Cythere.

La Scene est d'abord dans une ruë de Paris; & ensuite dans les Jardins de Cythere.

LE

Le Remouleur d'Amour.

LE REMOULEUR D'AMOUR.

LE Theâtre représente une Ruë au milieu de laquelle on voit Pierrot, qui fait l'action de repasser des coûteaux sur une meule de Gagne-petit.

SCENE PREMIERE.

PIERROT, *seul.*

SUR L'AIR 90. (*Le Gagne-petit*)

PREMIER COUPLET.

Promener la Broüette
Tout le long du jour:
Boire avec la Brunette
Le soir au retour:
(*Il repasse sur sa meule.*)

Braver l'insomnie
Dans un mauvais lit ;
Or, voilà la vie
Du Gagne-petit.
(Il repasse.)

II. COUPLET.

Je suis du Remoulage
La plus fine fleur ;
Et le plus fort ouvrage
Ne me fait point peur.
(Il repasse.)
Quand femme gentille,
Vient à m'appeller,
Vous voyez un Drille
Prompt à travailler.
(Il repasse.)

SCENE II.

PIERROT, FANCHETTE.

PIERROT.

Eh ! Bon-jour, Mademoiselle Fanchette.

FANCHETTE.

Vous voilà donc, Monsieur l'Affronteur ?

PIERROT.

AIR 15. (*Je ne ſuis né ni Roy, ni Prince*)

Qu'avez-vous belle Couturiére ?
Ma petite fleur printanniére ?

FANCHETTE.

Renguaînez tous ces doux propos.
Ma Maîtreſſe eſt fort courroucée,
Sa grande paire de cizeaux.....

PIERROT.

Ne l'ai-je pas bien repaſsée ?

FANCHETTE.

Elle ne ſe plaint pas de cela ; mais le clou de ſes cizeaux ne tient plus.

PIERROT.

Ce n'eſt pas ma faute.

AIR 91. (*Il étoit trois filles qui filloient du lin*)

C'eſt qu'elle éſt trop vive :
Parbleu le moyen !
Aux cloux que je rive
Il ne manque rien ;
Car je les cogne, cogne,
Car je les cogne bien.

FANCHETTE, *lui donnant des petits ſoufflets*

Çà, Monſieur le Raiſonneur.

AIR 91. (*Pierrot reviendra tantôt*)

Quand voulez-vous passer chez nous? *bis.*

PIERROT, *lui mettant la main sous le menton.*

Dès demain matin, mes yeux doux.

FANCHETTE, *le repoussant.*

Pierrot....!

Pierrot, venez-y tantôt.

PIERROT.

Tantôt vous verrez Pierrot.

FANCHETTE.

Tenez-vous, s'il vous plaît.

PIERROT.

AIR 35. (*Qu'on apporte bouteille*)

Tu viens toûjours, Brunette,
Badiner avec moi;
Et tu ne veux jamais, Folette,
Que Pierrot badine avec toi.

FANCHETTE.

AIR 42. (*Du haut en bas*)

Gagne-petit,
Je n'écoûte point la fleurette,
Gagne-petit.

PIERROT.

Mais pour quelque Garçon gentil,
Peut-être êtes vous plus doucette.

FANCHETTE.

Non. Tout homme est près de Fanchette
Gagne-petit.

PIERROT.

AIR 93. (*Margoton allant au moulin*)

Si pourtant, mon petit Tendron,
Je vous convenois pour Mignon,
Vous auriez un bon Compagnon.

(*Il la tourmente*)

Lanfin, lanfa,
Lantourelourifa.

FANCHETTE, *se défendant.*

Arrêtez-vous donc. Fi-donc, Badin! Laissez-moi là.
Oh! je n'aime point-du-tout cela!

(*Elle se débarasse de ses mains, & s'enfuit.*)

L'Orchestre joüe la descente de l'Amour; & l'on voit ce Dieu qui vient en volant se présenter devant Pierrot.

SCENE III.

PIERROT, L'AMOUR.

PIERROT.

AIR 25. (*Dondaine, dondaine*)

Quel Enfant vient dans ce séjour ? *bis.*
Il paroît plus beau que le jour.
Je l'aime, je l'aime,
Il ressemble à l'Amour.

L'AMOUR.

C'est l'Amour même.

PIERROT.

AIR 40. (*Petit Boudrillon*)

Sur les bords de la Seine,
Vous venez en Frêlon,
Boudrillon,
Faire à quelque Inhumaine
Sentir votre aiguillon,
Boudrillon,
Petit Boudrillon,
Boudrillon, dondaine,
Petit Boudrillon,
Boudrillon, dondon.

L'AMOUR.

AIR 59. (*Ho-ho ! Ha-ha ! & pourquoi donc ?*)

J'aurois beau le vouloir,
Mon cher Pierrot, helas !
Je n'ai plus de pouvoir !
Tire-moi d'embarras.

PIEEROT.

Ho-ho ! Ha-ha !
Et pourquoi donc ? Comment cela ?

L'AMOUR.

AIR 94. (*Le Remouleur*)

Depuis qu'à coups de fléche
Aux cœurs je fais bréche,
Mes traits lancez
Se sont émoussez ;
Par toi qu'ils soient repassez.
Gentil Remouleur,
Reçoi cet honneur.

PIERROT.

J'y consens de bon cœur.
Je remoudrai,
J'aiguiserai ;
Pour vous ma meule tourne,
Tourne, retourne.
Vous avez fort bien rencontré.

L'AMOUR.

AIR 4. (*Comme un Coucou que l'amour presse*)

Allons, sans tarder davantage,
Je te conduis dans mon Palais.
Là, je t'instruirai de l'usage
Que je veux faire de mes traits.

L'Amour embrasse Pierrot, & l'enléve.

PIERROT.

AIR 95. (*Suivons l'Amour, c'est lui qui nous méne*)

Suivons l'Amour, c'est lui qui nous méne....

Le Theâtre change en cet endroit, & représente les Jardins de Cythére dans les aîles, avec une Mer dans le fond. Il paroît une barque remplie de Pelerins & de Pelerines de Cythére conduite par deux Amours. Les Pelerins vont débarquer dans la coulisse. Pendant ce tems-là, l'Orchestre joüe une Musette pour l'arrivée, & pour la marche des Pelerins qui suit le débarquement.

SCENE IV.

Troupe de PELERINS & de PELERINES.

Un PELERIN.

AIR 96. (*Pour la Baronne Rondeau*)

On voit la Rose

Naître en ces lieux à tout moment ; *bis.*
Et dès l'instant qu'elle est éclose,
Avec un tendre empressement
L'Amour l'arrose.

Une PELERINE.

AIR 97. (*De Mr. de la Croix*)

Les Rossignols sous cet ombrage
Lui rendent hommage
Par leurs doux chants :
Mais ce qui lui plaît davantage,
C'est le badinage
Des Moineaux francs.

(*Ils se retirent tous.*)

SCENE V.

COLIN, CLAUDINE.

COLIN.

AIR 98. (*Ton himeur est, Cathereine*)

Oüi, nous voici, ma Claudeine,
Dans l'Isle du Dieu d'Amour ;
Et je sens que ma poitreine
Deviant plus chaude qu'un four.

CLAUDINE.

Je me sens itout de même ;
Comme toi, Colin, je bous :
Il m'est avis que je t'aime
Ici plus fort que cheux nous.

COLIN.

C'est le tarroir qui fait çà.

AIR 16. (*Les Feüillantines*)

Foin du Procureux Fiscal
Mon Rival,
Qui nous bâille tant de mal !
Ton Pére est-il fou de prendre
Ce vieux Co, ce vieux Coquin pour son
Gendre ?

CLAUDINE.

AIR 99. (*Tian, morgué, tian, si tu savois*)

Pourquoi veut il me donner
Ce Bon-homme qui radote ?
On ne peut l'en détourner.

COLIN.

Que diantre aussi, c'est ta faute !
Tian, morgué, tian, si tu voulois,
Tous deux tu les attraperois ;
Mais tu fais trop la sotte.

CLAUDINE.

AIR 100. (*Ah! voyez donc, ah! voyez donc*)

Colin, de suivre ta leçon.
Je ne suis pas si folle ;
J'y veux un peu plus de façon.
Ah! voyez donc *bis.*
Comme il s'y prend le Drôle!

COLIN.

AIR 1. (*Réveillez-vous, Belle endormie*)

Ah! voici le Dieu de Cythére!
De tout ce qu'il conseillera,
Ne faut pas aller au contraire.

CLAUDINE.

Mais c'est suivant ce qu'il dira.

SCENE VI.

COLIN, CLAUDINE, L'AMOUR.

COLIN, *saluant l'Amour.*

AIR 14. (*Voulez-vous savoir qui des deux*)

Votre valet, Monsieu l'Amour.

L'AMOUR.

Qui peut vous conduire à ma Cour?

COLIN.

C'est pour vous dire notre peine.
Un Barbon avec ses ducats
Voudroit me dénicher Claudeine.
Tirez-nous de ce mauvais pas.

CLAUDINE.

AIR 26. (*La Ceinture*)

Mettez fin à notre tourment,
Aimable Dieu de la tendresse :
Délivrez-nous de cet Amant ;
Otez-lui le trait qui le blesse.

L'AMOUR.

Je vais lui décocher une fléche plus puissante.

AIR 101. (*L'Onguent miton-mitaine*)

Belle, calmez votre effroi.
Pour subir une autre loi,
Il va quitter la vôtre.

COLIN.

C'est fort bian dit, par ma foi ;
Car un clou chasse l'autre.

CLAUDINE, *faisant la révérence.*

Que je vous sommes obligez !

COLIN, *à Claudine.*

AIR 102. (*Morgué! je t'aime, Bastienne*)

Tatigué! que j'ai, Claudeine,
Le cœur joyeux!
Boute ta main dans la mienne:
Nargue du vieux.
Pour moi, je fis dans mes biaux ans;
Par la morgué! combien d'Enfans
J'aurons tous deux!
J'aurons tous deux!
(*Ils saluent l'Amour, & s'en vont.*)

SCENE VII.

L'AMOUR, PIERROT.

PIERROT, *lui présentant un paquet de fléches.*

AIR 39. (*Flon, flon*)

Après bien de la peine.
J'ai rempli vos souhaits.
Courez la prétantaine,
Vos aiguillons sont prêts:
Flon, flon,
Larira, dondaine,
Flon, flon,
Larira, dondon.

L'AMOUR.

AIR 2. (*Quand je tiens de ce jus d'Octobre*)

J'en vais faire l'expérience.
Je reviendrai dans peu de tems.
Pour moi, Pierrot, donne audiance
A tous les tendres supplians.

L'Amour s'envole.

SCENE VIII.

PIERROT, *seul.*

AIR 32. (*Prenez bien garde à votre Cotillon*)

L'Amour s'envole vers Paris.
Que de cœurs vont être surpris !
Il va faire un beau carillon !
Mesdames, prenez bien garde à votre Cotillon,
A votre Cotillon.

SCENE IX.

PIERROT, un PETIT-MAITRE, Arlequin.

Le PETIT-MAITRE.

Holà, Grivois ! N'appartiens-tu pas à l'Amour ?

PIERROT.

C'eſt moi qui repaſſe ſes fléches.

AIR 103. (*On dit que vous aimez les fleurs*)

Vous, Monſieur, qui m'interrogez,
Vous m'avez bien l'air d'être,
D'être petit, d'être petit,
L'air d'être Petit-maître petit,
L'Air d'être Petit-maître.

Le PETIT-MAITRE.

Cela eſt vrai.

AIR 23. (*O reguingué, ô lonlanla*)

Seconde-moi, beau Remouleur. *bis.*
Je pourſuis un rebelle cœur,
Dont je ne puis être vainqueur.

PIERROT.

Jamais Petit-maître à Cythére
N'eſt venu pour pareille affaire.

Eh! quelle eſt donc cette cruelle?

Le PETIT-MAITRE.

C'eſt une Comédienne.

PIERROT.

Il n'eſt pas poſſible! Comment vous y prenez-vous donc?

Le PETIT-MAITRE.

AIR 29. (*Robin, ture lure lure*)

Pour m'attirer ses faveurs,
Je fais briller ma figure ;
Je prodigue les douceurs.

PIERROT.

Turelure !

Le PETIT-MAITRE.

Contre mon destin je jure.

PIERROT.

Robin, turelure lure.

Le PETIT-MAITRE.

AIR 104. (*Lonlanla, l'amour n'y fait rien*)

Je viens conjurer l'Amour
De blesser cette Friponne,
Je viens conjurer l'Amour
De me venger en ce jour.

PIERROT.

Lonlanla, l'Amour n'y fait rien,
Si l'argent ne sonne, sonne ;
Lonlanla, l'Amour n'y fait rien,
Si l'argent ne sonne bien.

Le PETIT-MAITRE.

De l'argent ? Oh ! je ſuis votre valet.

AIR 36. (*Le fameux Diogéne*)

J'eſpérois ſans finance
Vaincre la réſiſtance
De ma belle Catin.

PIERROT.

Votre erreur eſt extréme ;
Le Dieu d'Amour lui-même
Y perdroit ſon latin.

Le PETIT-MAITRE.

Cela étant, j'y renonce.

AIR 3. (*Banniſſons d'ici l'humeur noire*)

C'en eſt fait, je me rends juſtice :
Je n'étois, ma foi, qu'un Oiſon.
Je pris ce deſſein par caprice,
Je l'abandonne par raiſon.

(*Il s'en va.*)

PIERROT.

Voilà un Petit-maître qui fait comme le Renard.

SCENE X.

PIERROT, Mr. VIROSOLI Maître de Pension.

PIERROT, *à part.*

Ho-ho! Que vient faire ici ce visage-là?

Mr. VIROSOLI.

AIR 8. (*Je reviendrai demain au soir*)

Monsieur, je viens dans ce séjour
Pour parler à l'Amour. *bis.*

PIERROT.

Vous rencontrez son Substitut.

Mr. VIRSOLI, *saluant Pierrot.*

Recevez mon salut. *bis.*

PIERROT.

AIR 10. (*Mon Pére je viens devant vous*)

Quel métier faites vous, l'Ami?

Mr. VIROSOLI.

J'enseigne la langue Latine.
Je m'appelle Virosoli,
Homme connu par sa doctrine;
Des Maître ez-arts un des premiers;
Aussi j'ai beaucoup d'Ecoliers.

PIERROT.

Eſtez-vous marié ?

Mr. VIROSOLI.

Pour la ſeconde fois.

AIR 22. (*Et zon, zon, zon*)

J'ai de mon premier lit
Une aſſez belle Fille :
Ma Femme a de l'eſprit,
Et paſſe pour gentille.

PIERROT, *riant*.

Et zon, zon, zon....

Mr. VIROSOLI.

AIR 30. (*Du Cap de Bonne-eſpérance*)

J'ai trente Penſionnaires
Chez moi, tant grands que petits.

PIERROT.

Les grands ſont de bons Compéres ?

Mr. VIROSOLI.

Ce ſont autant de Bandits.
L'un de ma Fille s'enflamme,
L'autre courtiſe ma Femme ;
Et pendant ces paſſe-temps
Les petits deviennent grands.

Les Sixiêmes insensiblement succédent aux Rhétoriciens.

PIERROT.

C'est le Diable!

Mr. VIROSOLI.

AIR 41. (*Ton relon, ton ton*)

Au Dieu des Cœurs je vais conter ma peine,
Et le prier d'épargner ma Maison.

PIERROT.

Quoi, vous voulez qu'il perde son aubaine!
J'entends déja l'Amour qui vous répond:
Ton relon ton ton,
Tontaine la Tontaine,
Ton relon ton ton,
Tontaine la Tonton.

Mr. VIROSOLI.

AIR 15. (*Je ne suis né ni Roy, ni Prince*)

Mais que faut-il donc que je fasse,
Pour couper court à ma disgrace?

PIERROT.

Mettez dehors vos Ecoliers,
(Il n'est que ce remède unique)
Quand vous verrez ces Ouvriers
Tout prêts d'entrer en Rhétorique.

Mr. VIROSOLI.

Ma foi, vous avez raison. C'est ce que je ferai. Adieu.

SCENE XI.

PIERROT, une COQUETTE.

PIERROT.

AIR 105. (*Ma belle diguedon*)

Dans ces lieux qui vous améne,
Belle digue, digue, diguedon, dondaine ?

La COQUETTE.

J'y viens voir le malin Cupidon.

PIERROT.

Ma belle, digue, digue, ma belle diguedon,
Vous a-t-il fait quelque peine,
Belle digue, digue, diguedon, dondaine ?

La COQUETTE.

Pour cela oüil.

AIR 106. (*De Jean de Vert*)

Il fait de mes attraits vainqueurs
Trop sentir la puissance ;

Ce Dieu pour moi dans tous les cœurs
Etablit la constance ;
Il perce enfin tous mes Amans
Des traits dont il blessoit au temps
De Jean de Vert (*3. fois*) en France.

PIERROT.

AIR 44. (*Faire l'amour la nuit & le jour*)

Vous êtes sur ce point
Aux autres bien contraire.

La COQUETTE.

Non, non, je n'aime point
Ces gens qui veulent faire
L'amour
La nuit & le jour.

J'abhorre les hommes à sentimens ; vous les avez toûjours pendus à votre ceinture.

PIERROT.

Que vous faut-il donc ?

La COQUETTE.

AIR 17. (*Landeriri*)

Je veux que du sein d'un Amant
L'amour sorte aussi brusquement,
Landerirette,
Qu'il sort de celui d'un Mari.

PIERROT.

Landeriri.

Je vous entends.

AIR 45. (*Quand la Bergere vient des champs*)

Je vais, la Belle, sur mon grais
Remoudre exprès
De petits traits,
Qui ne tiendront les cœurs blessez
Dans votre chaîne
Qu'une semaine.

La COQUETTE.

C'en est assez.

(*Elle fait une révérence & se retire.*

SCENE XII.

PIERROT, un SUISSE.

Le SUISSE, *faisant des esses, & poussant des hoquets.*

Ih! Ih! Ih!

PIERROT, *à part.*

Un Suisse à Cythére! Quelle nouveauté! (*haut*) A qui en voulez-vous, mon Ami.

Le SUISSE, *bégayant.*

A l'A... à l'Am... à l'Amour.

AIR 107. (*C'est à boire qu'il nous faut*)

Moi l'aime ein petite Fiére,
Qui n'avre point le cœur chaud,
Ein choli Caberetiére.

PIERROT.

Oh !
Vous n'aimez point, mon Troüillaud !
C'est à boire, à boire, à boire,
C'est à boire qu'il vous faut.

Le SUISSE.

Monsir, Monsir.

AIR 49. (*Boire à son tirelire lir*)

Ein petit trinqueman
Point choquer la tendresse; *bis.*
L'être bon qu'ein Aman,
Qui fait à son Maîtresse
Tré-ben la cour,
Aprés l'amour,
Poive à son tirelire lir,
Poive à son toureloure lour
Poive à son tour.

PIERROT.

PIERROT.

Mais enfin, qu'attendez-vous de l'Amour ?

Le SUISSE.

AIR 108. (*Tiquetaque, tiquetin*)

Aujord'hui chel m'adresse
A sti petit Lutin,
Tiquetin,
Lui veüille à mon Tigresse
Fendre le cœur mutin,
Tiquetaque, tiquetin.

PIERROT.

Sans doute il y sera bréche;
Mais il faut qu'il trempe la fléche
Dans un broc de vin,
Dans un broc de vin.

Le SUISSE.

Oüi. L'avre bien dit.

PIERROT.

Je viens d'aiguiser un grand trait qui sera tout propre pour cela.

Le SUISSE.

AIR 109. (*C'est à toi, mon Camarade*)

Si moi j'avre la victoire,
Quand vous venir à mon Chou,

Chel vous ferai poire, poire,
Poire, poire,
Chel vous ferai poire, poire
Comme ein trou.

PIERROT.

J'irai vous voir quand vous ferez marié.

SUISSE.

AIR 57. (*N'y a d'mal à ça*)

Oh! mon petit Femme
Bien vous recevra.

PIERROT.

Mais si je l'enflamme,
Il vous en cuira.

Le SUISSE.

N'y a pas d'mal à ça,
N'y a pas d'mal à ça.

(*Il fait un faux pas & tombe.*)

PIERROT, *le relevant.*

Allons, mon gros Baril, vous avez besoin de repos; je vais vous mener faire *Schlaff* dans un de ces Bosquets de Myrtes.

(*Il emméne le Suisse.*)

SCENE XIII.

FANCHETTE, *seule.*

AIR 110. (*J'étois, j'étois prduë!*)

J'aime en secret un Remouleur ;
Je fais l'Inhumaine.
O Ciel ! je mourrois de douleur,
S'il savoit ma peine.
Helas ! J'ai pensé tantôt
Trahir ma retenuë ! ....
(*Apercevant Pierrot qui vient à elle.*)
Mais que vois-je ?... C'est Pierrot !
Je suis.... je suis perduë !

SCENE XIV.

FANCHETTE, PIERROT.

PIERROT.

AIR 38. (*Une jeune Nonette*)

Ai-je donc la berluë ?
Quoi, vous voici !

FANCHETTE.

En croirai-je ma vûë ?
Pierrot ici !

PIERROT.

Oüi, vraiment, tous deux nous voilà.

(*mettant le doigt sur le sœur.*)

Vous vous sentez là. . . .

FANCHETTE.

Qui vous dit cela ?

PIERROT, *riant.*

O gué, lon-la,
Lan-laire,
O gué, lon-la.

Vous avez beau dissimuler.

AIR 75. (*Tourelourirette*)

En fille discréte,
Dans ce lieu charmant,
Vous venez, Fanchette,
Chercher un, Tourelourirette,
Chercher un, Lonla, derirette,
Chercher un Amant.

FANCHETTE.

AIR 12. (*Amis, sans regréter Paris*)

Oüi, je vous dirai mes secrets!
Vous, qu'y venez-vous faire ?

PIERROT.

J'y viens pour aiguiser les traits
Du grand Dieu de Cythére.

FANCHETTE.

Ha-ha !

PIERROT.

AIR III. (*Les Amours triomphans*)

Ce Dieu très - satisfait
De mon ouvrage,
Ma fait présent d'un trait
Pour mon usage :
La Beauté qui me touche
A pour moi de la rigueur ;
Il faut qu'à la Farouche
J'en donne au travers du cœur.
Lerala,
Lerala, lerala, lerala la la,
Lerala, lerala, lerala.

FANCHETTE.

AIR 31. (*Ma raison s'en va beau train*)

Peut-on demander son nom ?

PIERROT.

Hé ! morgué, c'est vous, Fanchon.

Tenez vos yeux doux,
Ces petits filoux,
Font que sur pié je séche :
Oüi, mortnonbille, c'est pour vous
Que je garde ma fléche,
Lonla,
Que je garde ma fléche.

FANCHETTE.

AIR 28. (*La bonne avanture, ô gué...*)

Tu n'as pas besoin de trait
Pour moi, je t'assûre ;
L'Amour, Pierrot mon Poulet,
Tantôt m'a donné mon fait.

PIERROT, *sautant de joye.*

La bonne avanture,
O gué...
La bonne avanture !

FANCHETTE.

AIR 5. (*Quand le péril est agréable*)

As-tu pour moi même tendresse ?

PIERROT.

Je t'aime depuis plus d'un jour.

FANCHETTE.

Oh ! je veux encor que l'Amour
D'un nouveau coup te blesse.

PIERROT.

C'est bien assez d'un, quand il est bon.

FANCHETTE.

AIR 112. (*Encor un coup, qu'en peut-il arriver?*)

Encor un coup, qu'en peut il arriver ?
Un coup de plus te fera-t-il crever ?

L'Orchestre jouë en Ritournelle la moitié de l'air suivant, pour annoncer l'arrivée de l'Amour.

FANCHETTE.

AIR 24. (*Les filles de Nanterre*)

Quels sons se font entendre
Dans ce charmant séjour ?

PIERROT.

Ah ! c'est pour nous apprendre
Qu'Amour est de retour.

L'Orchestre jouë la reprise de l'air précedent.

SCENE XV. & DERNIERE.

FANCHETTE, PIERROT, l'AMOUR, Troupe de PELERINS & de PELERINES.

L'AMOUR.

AIR 113. (*Dans notre Village chacun &c.*)

Aimable Jeunesse,

Chantez mes bienfaits ;
Vous aurez les traits
Que demande votre tendresse :
Chantez, dansez tous,
Réjoüissez-vous.

CHOEUR.

Chantons, dansons tous,
Réjoüissons-nous.

Les Pelerins & Pelerines forment un Balet, qu'ils finissent par une danse en rond, en chantant les Couplets suivans.

BRANLE.

AIR 114. (*Vivons pour ces fillettes, vivons*)

PREMIER COUPLET.

Un PELERIN.

Nous ne devons présentement
Songer qu'à l'Amour seulement ;
Le plaisir d'aimer est charmant,
Les autres sont sornettes :
Vivons pour ces fillettes,
Vivons,
Vivons pour ces fillettes.

CHOEUR.

Vivons pour ces fillettes,
Vivons,
Vivons pour ces fillettes.

II. COUPLET.

FANCHETTE.

Je n'ai pû défendre mon cœur
Contre un jeune & charmant vainqueur;
Du Dieu d'Amour le Remouleur
Aura mes amourettes.

CHOEUR.

Vivons pour ces fillettes,
Vivons,
Vivons pour ces fillettes.

III. COUPLET.

PIERROT.

Si les Coquettes de Paris
Viennent avec leurs Favoris
Voir nos danses, nos jeux, nos ris,
Pour nous quelles recettes!
Vivons pour ces fillettes,
Vivons,
Vivons pour ces fillettes.

CHOEUR.

Vivons pour ces fillettes,
Vivons,
Vivons pour ces fillettes.

FIN.

PIERROT ROMULUS. OU LE RAVISSEUR POLI.

Representée par les Marionettes Etrangeres à la Foire de S. Germain 1722.

Cette Piéce est une Parodie de la Tragédie de Romulus que l'on joüoit en ce tems-là.

ACTEURS.

ROMULUS, Roy des Romains, Pierrot.

TATIUS, Roy des Sabins, le Docteur.

HERSILIE, Fille de Tatius.

SABINETTE, Confidente d'Hersilie.

PROCULUS, Senateur Romain, Pantalon.

MURENA, Grand-Prêtre, Polichinelle.

TULLUS, Officier Romain, Arlequin.

ALBIN, Confident de Proculus.

GARDES.

La Scene est à Rome dans la Foire établie par Romulus.

Pierrot Romulus.

Bonard del. F. Poilly f.

PIERROT ROMULUS. OU LE RAVISSEUR POLI.

LE Theâtre représente une Foire de Campagne, où l'on voit beaucoup de poterie.

SCENE PREMIERE.

HERSILIE, SABINETTE.

SABINETTE.

SUR L'AIR 27. (*Belle brune, belle brune*)

Hersilie!

Hersilie!

Ne ferez-vous jamais mieux
L'emploi de fille ravie ?
Hersilie !
Hersilie !

HERSILIE.

(*Même Air*)

Sabinette !
Sabinette !
Romulus à tout moment
Pleure, ou chante une Brunette.
Sabinette !
Sabinette !

SABINETTE.

Quoi, depuis une année entiére que Romulus vous a enlevée dans cette maudite Foire où nous voici encore, il n'a fait que pleurer à vos genoux comme un veau !

HERSILIE.

AIR 18. (*Lonlanla, derirette*)

Cesse de blâmer un Amant
Qui m'aime si parfaitement.

SABINETTE, *d'un ton moqueur.*

Lonlanla derirette.

HERSILIE.

Ah ! c'est un Raviſſeur poli!

SABINETTE.

Lonlanla, deriri.

HERSILIE.

Air 115. (*L'amour n'a-t-il donc que cela*)

Pour mes ſeuls appas
Romulus reſpire ;
Il ſe plaint tout bas,
Sans ceſſe il ſoupire.
Il ſouffre helas ! . . .

SABINETTE.

Ah ! le pauvre ſire !
O lonlanla,
Ne vous veut-il donc que cela ?

Ce n'étoit pas la peine de vous enlever.

HERSILIE.

Point de plaiſanterie, Sabinette.

SABINETTE.

Je ne plaiſante point. L'année paſſée il invita les Sabins & les Sabines à la Foire de poterie qu'il établit. Ces fripons de Romains, en nous voyant promener dans la Foire, s'écrient :

AIR 116. (*Ah, mon Dieu! que de &c.*)

Ah, mon Dieu! que de joli filles
Que l'on voit ici!

A ces douces paroles, les Sabines minaudent; les Romains les abordent, en leur présentant du croquet & des ratons; & puis, *crac*, ils nous enlévent.

HERSILIE, *soupirant.*

Hélas!

SABINETTE.

Romulus s'empare de vous, comme de raison; il étoit bien juste que le Roy de Rome eût le gros lot: Mais qu'a fait votre Ravisseur depuis ce tems-là? Il a chanté:

AIR 117. (*Charmante Reine &c.*)

Charmante Reine de mon cœur,
Sans espoir, sans désir mon ame vous adore.

HERSILIE.

AIR 118. (*Ah! que Monseigneur est charmant*)

Ah! que Romulus est charmant!

SABINETTE.

C'est un joli garçon, vraîment.

HERSILIE.

S'il étoit un peu plus pressant,
J'en ferois la folie.
Ah ! que Romulus est charmant !
Faut-il que je l'en prie ?

SABINETTE, *surprise.*

Ha-ha !

HERSILIE.

Je l'adore aussi, Sabinette ; mais je n'ôse le lui faire paroître.

SABINETTE.

Vous êtes l'un & l'autre trop discrets. Ma foi, Madame, il y a bien du vûide dans cet amour-là. Si Romulus étoit comme un autre, vous auriez dû lui chanter le premier jour de votre enlevement :

AIR 119. (*Ah ! mon mal ne vient que d'aimer*)

Vous chiffonnez mon falbala,
Ah ! fripon, que faites-vous là ?

HERSILIE.

Tai-toi donc, folle !

SABINETTE.

Je le suis moins que vous. J'ai été enlevée aussi ; mais, par ma foi, mon Ravisseur n'est pas un Romulus.

AIR 54. (*J'en suis bien contente*)

C'est un gaillard Jouvenceau ;
Son humeur m'enchante :
Il n'est ni poli, ni beau,
Lamirtanplain, lantirelarigot ;
Mais j'en suis contente.

AIR 62. (*Sans dessus-dessous*)

Il me déclara brusquement
Qu'il vouloit être mon Amant.
Le Drôle s'y prit de maniére,
Sans-dessus-dessous,
Sans devant derriére,
Que je l'acceptai pour Epoux,
Sans devant derriére,
Sans-dessus-dessous.

HERSILIE.

Toutes nos Sabines ont fait comme toi.

SABINETTE.

Oüi, vraîment. Ah ! qu'il s'est fait de mariages de rencontre à cette Foire traîtresse ! Nous y venions acheter des cruches ; mais nous avons bien payé les pots cassez.

HERSILIE.

Paix. Voici Romulus.

SCENE II.

HERSILIE, SABINETTE, ROMULUS.

ROMULUS.

Hé-bien, ma Princesse, ne vous lasserez-vous jamais de voir couler mes larmes ?

Air 120. (*Le beau Berger Tircis*)

Le souci jaunissant,
La pâle violette,
Sont des fleurs qui vont naissant
Des pleurs que Romulus jette.
Ah! petite Brunette,
Plaignez le mal qu'il sent.

SABINETTE.

Air 121. (*Ah! Phaëton, est-il possible*)

Ah! Romulus, est-il possible
Que vous soyez sensible
Dans le goût des Nigauds!
Ah! Romulus, est-il possible
Que vous fassiez des Madrigaux!

ROMULUS.

AIR 56. (*Vous y perdez vos pas, Nicolas*)

Adorable Princesse,
Calmez votre courroux;
Ecoutez ma tendresse:
Je vous en prie à genoux.

HERSILIE.

Vous y perdez vos pas,
Nicolas,
Sont tous pas perdus pour vous.

ROMULUS.

Que n'ai-je point fait pour vous attendrir?

SABINETTE, *déclamant.*

Il falloit, Romulus, dans vos tendres malheurs.
Montrer plus de vertu, & perdre moins de pleurs.

HERSILIE.

Elle a raison. Est-ce par le rapt qu'on mérite l'alliance des Rois?

ROMULUS.

Mais, Madame, nous avons commencé par la civilité, en nous établissant dans le voisinage des Sabins. Ne leur avons nous pas fait demander leurs filles en mariage par de bons Bourgeois de Rome ? Que nous a-t-on répondu ?

(*en déclamant.*)

Qu'ils ouvrent un asile à des femmes perduës ;
A des pareils Epoux ces Epouses sont duës.

Qu'ils aillent se marier dans la ruë Fromenteau. Oh, dame ! cela se peut-il souffrir, par des gens surtout...

(*en déclamant.*)

Qui sont sûrs de trouver toûjours *dans leurs projets*
Les Dieux pour Alliez, & les Rois pour Sujets?

SABINETTE.

AIR 23. (*O reguinzué, ô lonlanla*)

Romulus est tantôt Gascon,
Et tantôt il est Celadon.
O reguingé, ô lonlanla,
Se peut-il qu'un si grand courage
Loge dans un Amant si sage ?

HERSILIE, *soûpirant.*

Ahi !

AIR 79. (*Quand la Mer-Rouge apparut*)

Eh ! prenez-moi pour Epoux,
Je vous en convie !

Je ſuis un parti pour vous,
Charmante Herſilie.
Vous ne pouvez faire mieux :
Mon Pére eſt au rang des Dieux ;
Je ſuis Gen, gen, gen,
Je ſuis til, til, til,
Je ſuis Gen, je ſuis til,
Je ſuis Gentilhomme,
Et premier de Rome.

HERSILIE.

Que votre tendreſſe eſt fatiguante !

ROMULUS.

AIR 33. (*Jardinier, ne vois-tu pas*)

Changez, Madame, en ce jour
Mon deſtin déplorable ;
Hélas ! un peu de retour !

HERSILIE.

Allez avec votre amour
Au diable, au diable, au diable.

ROMULUS.

Que je ſuis malheureux !

HERSILIE, *ſortant avec Sabinette & déclamant.*

Vien, ſui-moi. Je ſuccombe à mon mortel ennui.
Ma Chére, *en l'outrageant, j'ai ſouffert plus que lui.*

SCENE III.

ROMULUS, PROCULUS.

ROMULUS.

Ah ! te voilà, Proculus.

AIR 122. (*L'Amour me fait, lonlanla*)

Que dis-tu d'Hersilie ?

PROCULUS.

Hé ! fi donc, Romulus !

ROMULUS.

Je l'aime à la folie.
Ah ! mon cher Proculus,
L'Amour me fait, lonlanla,
L'Amour me fait mourir.

PROCULUS.

Comme l'homme change ! Vous êtes devenu bien tendre, depuis que vous avez tué votre Frére jumeau, pour avoir sauté pardessus les murailles de Rome !

ROMULUS.

Mon Frére méritoit cette petite correction-là.

PROCULUS.

Si vous aviez fait la muraille de votre Ville plus haute d'un pié seulement, cela vous auroit épargné un fratricide.

ROMULUS.

Brisons-là. Ne parlons que de l'objet de mon amour.

AIR 123. (*Un Inconnu*)

Me fuirez-vous toûjours, belle Hersilie?...

PROCULUS.

Halte-là, Seigneur. Vous ne parlez plus que par Sarabandes ! Est-ce-là le langage du fils de Mars ?

AIR 124. (*Aux armes, Camarades !*)

Aux armes !
Plus de larmes.
L'Ennemi n'est pas loin :
Craignez le Sabin.
Aux armes !
Plus de larmes :
Montrez-vous un parfait Romain.

Défaites-vous de l'humanité.

SCENE

SCENE IV.

ROMULUS, PROCULUS, TULLUS, *arrivant tout ésoufflé.*

TULLUS, *à Romulus.*

AIR 72. (*Jean-Gillé*)

Les Sabins sont dans la Ville,
Jean-Gille,
Gille, joli Jean ;
Tatius le pont enfile,
Jean-Gille,
Gille, joli Gille,
Gille, joli Jean,
Joli Jean, Jean-Gille ;
Délivrez-nous-en.

ROMULUS.

AIR 125. (*Allons à la Guinguette, allons*)

Allons, allons,
Allons à la victoire, allons.

TOUS-TROIS.

Allons, allons,
Allons, à la victoire, allons.

SCENE V.

ROMULUS, HERSILIE, SABINETTE.

HERSILIE, *arrêtant Romulus.*

AIR 12. (*Amis, sans regréter Paris*)

Où courez-vous donc, Romulus ?

ROMULUS.

Oh ! je suis en colére !
Je vais tant battre Tatius,
Qu'il sera mon Beau-pére.
(*il sort.*)

SCENE VI.

HERSILIE, SABINETTE.

SABINETTE.

AIR 126. (*Le bon Branle*)

Voilà pourtant pour vos beaux yeux
Bien des Guerriers en branle.
Pour moi, je vais prier les Dieux
De faire aux Sabins furieux
Danser un triste branle ;

Et de nous laiſſer en ces lieux
Y danſer le bon branle.

HERSILIE.

AIR 127. (*Charivari*)

Pour mon Amant, pour mon Pére,
Que de ſouci!
Ah! l'amour me deſeſpére!
Le ſang auſſi;
Et dans mon cœur font aujourd'hui
Charivari.

SABINETTE.

AIR 128. (*La Troupe Italienne, faridondaine*)

Je conçois bien votre peine.
Dans les ſiécles futurs même choſe on verra;
Un Auteur ſur la Scéne,
Faridondaine,
Et lonlanla,
Doit mettre une Chiméne,
Faridondaine,
En ce cas-là.

Je ſuis une Sibille, moi.

SCENE VII.

HERSILIE, SABINETTE, TATIUS.

HERSILIE.

Ah ! vous voilà, cher Papa Tatius ! Vous avez donc forcé les portes de la Ville ?

TATIUS.

Comment, diantre, les forcer ? Elles ſont encore chez le Menuiſier. Rome n'eſt qu'un Village, & le Palais de Romulus eſt couvert de chaume.

SABINETTE.

Romulus, à ce que je vois, a trouvé à qui parler.

TATIUS.

Je vous en réponds !

AIR 37. (*Lanturlu*)

Malgré mon grand âge,
Mon cœur outragé
Alloit au carnage
Comme un enragé.
J'ai bien fait tapage !

HERSILIE.

Enfin, vous avez vaincu.

TATIUS, *branlant la tête.*

Lanturlu, lanturlu, lanturelu.

HERSILIE.

Quoi, mon Pére, Romulus auroit-il battu les Sabins ?

SABINETTE.

AIR 52. (*Vraîment, ma Comére voire*)

Seriez-vous soumis à lui ?

TATIUS.

Vraîment, ma Comére oüi.

HERSILIE.

Il a donc eu la victoire ?

TATIUS.

Vraîment, ma Comére, voire,
Vraîment, ma Comére, oüi.

Ma Fille, au lieu d'un vengeur glorieux, vous voyez un pauvre Prisonnier de Guerre.

HERSILIE.

Justes Dieux !

SABINETTE.

J'apperçois votre Geollier qui revient triomphant.

SCENE VIII.

HERSILIE, SABINETTE, TATIUS, ROMULUS, GARDES, *portant des faisceaux & des trophées.*

TATIUS, *à Romulus, se moquant de lui.*

Fin de l'AIR 64. (*Y - avante, y avance*)

Y - avance, y - avance, y - avance.
Avec tes faisceaux d'ordonnance.

SABINETTE.

Ne raillez point ces faisceaux, ils seront un jour à la mode.

TATIUS.

Hé-bien maudit * Cartouche Romain, ès-tu content ? Tu tiens le Pére & la Fille. Mais que dis-je, Fille ? Elle n'est peut-être ni fille ni femme.

* Fameux Chef de Voleurs qu'on venoit d'executer.

ROMULUS.

AIR 130. (*De quoi vous plaignez-vous*)

De quoi vous plaignez-vous,
Si j'ai ravi votre Fille?
De quoi vous plaignez-vous?
Faites-moi son Epoux.
Ma foi, je suis un bon Drille,
Et d'un esprit assez doux,
Quoique dès la coquille
Nourri parmi les Loups.

TATIUS.

Qu'on ne me parle point de ce mariage-là. Je veux que vous repariez autrement l'honneur de ma Fille.

ROMULUS.

De quelle maniére donc?

TATIUS.

AIR 131. (*Tique, tique, taque*)

Il faut, Monsieur le Romain, *bis.*
Nous voir l'épée à la main.
Je m'entends encore à faire,

Lui poussant des bottes avec la main.

Tique, tique, taque, & lonlanla.

ROMULUS.

Un bon hymen, mon Beau-pére,
Est bien plus sûr que cela.

Je vous laisse en déliberer avec Hersilie.

(*Il sort.*)

SCENE IX.

TATIUS, HERSILIE, SABINETTE, PROCULUS, TULLUS.

PROCULUS, *à Tatius.*

Je vous épargnerai la peine de la déliberation. Fuyez. Par mes soins le chemin vous est ouvert.

TATIUS, *fuyant.*

Sauve! sauve!

HERSILIE.

AIR 53. (*Le Ciel benisse la besogne*)

Je voudrois fuir avec Papa.

PROCULUS.

Oh! gardez-vous bien de cela!
Si vous vous en alliez, Princesse,
Cela gâteroit notre Piéce.

HERSILIE, *à Sabinette, s'en allant.*

Ciel ! Quelle sera la fin de tout ceci ?

SCENE X.

PROCULUS, TULLUS.

TULLUS.

Quel est votre dessein, Proculus ?

PROCULUS.

De faire mourir Romulus mon Rival.

TULLUS.

Vous aimez Hersilie !

PROCULUS.

Je l'idolâtre. Romulus m'avoit fait son Agent auprès d'elle.

AIR 129. (*Sur les ponts d'Avignon.*)

Je peignois son ennui
Au fier objet qu'il aime ;
Mais en parlant pour lui,
Je m'enflammois, moi-même.

TULLUS.

Je ne m'étonne plus si vous ne voulez pas qu'elle se sauve.

PROCULUS.

Air 6. (*Menuet de Mr. de Grandval*)

Mon Roy va, sans que je sois traître,
Par mes coups périr à mes yeux.
Je suis approuvé du Grand-Prêtre.

TULLUS.

Le digne serviteur des Dieux !

PROCULUS.

Le voilà.

TULLUS.

Quand on parle du Loup, on en voit la queuë.

SCENE XI.

PROCULUS, TULLUS, MURENA.

MURENA.

Hé-bien, mes amis, quand me défe-rez-vous de ce glouton de Romulus qui m'excroque mes revenans bons ?

Air 132. (*Vaudeville du Roy de Cocagne*)

Romulus très-âpre aux Sacrifices,
Prend pour lui Moutons & Veaux ;

A son croc des Bœufs & des Genisses
On voit les meilleurs morceaux ;
Il n'est rien que ce Gourmand n'accroche.
Et lonlanla,
De ce train-là,
Bientôt il faudra
Revendre mon tourne-broche.

PROCULUS.

Effectivément, il enléve au pauvre Muréna les Alloyaux, les Gigots, & les Longes de veau qui rôtissent sur les Autels des Dieux.

MURE'NA.

Cela crie vengeance. Aussi je maigris à vûë d'œil. Voyez, je n'ai plus de ventre.

TULLUS.

Quelqu'un vient. Retirons-nous.

SCENE XII.

HERSILIE, SABINETTE.

SABINETTE.

Hé, mais, Hersilie, vous ne faites qu'aller & venir, sans vous déterminer à rien.

AIR 133. *Menuet d'Hésione.*

Cessez de faire la sévére,
Pour terminer tous les débats.

HERSILIE.

Je ne sais ce que je dois faire;
Je suis dans un grand embarras.

SCENE XIII.

HERSILIE, SABINETTE, ALBIN.

ALBIN, *entrant tout échauffé.*

Voici bien des affaires! Il y a encore eu une bataille.

SABINETTE.

Deux batailles dans un jour! Misericorde! Faites-nous-en le détail.

ALBIN.

AIR 134. (*Or écoutez, Petits & Grands*)

Je n'aime point les grands Récits;
Et tout simplement je vous dis:
(Sans que de *cruelles épées*
Jusqu'aux gardes *de sang trempées*,
Je décrive les beaux exploits,)
Que vous allez voir les deux Rois.

Ils vont venir ici tous deux, pour jurer je ne sais quoi sur un Autel.

AIR 51. (*Va-t'en voir s'ils viennent, Jean*)

Oüi, ces Rois incessamment,
Sans bœuf, ni genisse,
Vont ici dans un moment
Faire un Sacrifice.

HERSILIE.

Allons voir s'ils viennent,
Jean.
Allons voir s'ils viennent.

(*ils sortent.*)

SCENE XIV.

PROCULUS, MURENA.

PROCULUS.

Tenez-moi ce que vous m'avez promis; vous y êtes interessé.

MURENA.

AIR 135. (*De mon pot, je vous en répond*)

Comptez sur moi, Proculus.
Ce fripon Romulus
Va me payer, sur ma parole,
Tout le bon rôti qu'il me vole;

Il verra, je vous en répond,
Un tour de ma façon.

On apporte un Autel, derriére lequel va se mettre Muréna.

SCENE XV.

PROCULUS, MURE'NA, ROMULUS, TATIUS, Troupe de Romains & de Sabins.

ROMULUS, *à Tatius.*

AIR 23. (*O reguingé, ô lonlanla*)

Pour mieux regler notre cartel, *bis.*
Jurons tous deux sur cet Autel:
O reguingé, ô lonlanla.
Les Rois n'exposent point leur vie,
Sans bien de la cérémonie,

Ecoutez, Romains.

AIR 58. (*Quand on a prononcé ce malheureux oüi.*)

Voici mon testament: Si Tatius m'assomme,
Aimez-le comme un Pére, & qu'il regne dans Rome.
Je ne méritois pas de vivre votre Roy,
Si ma mort vous en montre un plus digne que moi.

TATIUS.

Ecoutez, Sabins.

(*Même Air*)

Si je meurs par la main du Galand de ma Fille,
Qu'il soit d'abord mon Gendre, & couron-
(nez ce Drille.
Songez, (& vous aurez alors l'esprit bien fait.)
*Non, qu'il m'aura vaincu, mais qu'il m'a satis-
(fait.*

ROMULUS, *en déclamant.*

Nous voilà bons amis. Allons, mon cher Beau-
(pére,
Nous pouvons à présent nous tuer sans colére.

Ils font un mouvement pour sortir.

SCENE XVI.

Les Acteurs de la *Scene* précedente, HERSILIE, SABINETTE.

HERSILIE, *arrêtant Tatius & Romulus.*

AIR 7. (*Tu croyois, en aimant Colette*)

Où courez-vous donc l'un & l'autre ?

Suspendez votre emportement.

à Tatius, lui montrant Romulus.

De son trépas comme du vôtre
Je dois mourir également.

TATIUS.

AIR 22. (*Et zon, zon, zon*)

Ma Fille, y pensez-vous ?
Quelle imprudence extrême !
Il n'est pas votre Epoux.

HERSILIE.

Non, Seigneur; mais je l'aime.

ROMULUS.

Et zon, zon, zon,
Vous l'entendez vous-même;
Et zon, zon, zon,
J'en avois du soupçon.
Mais je ne faisois pas semblant de rien.

SABINETTE, *à Tatius.*

AIR 136. (*Mariez, mariez, mariez-moi*)

Il en est tems, Roy barbon,
Renguaînez votre allumelle;
Ce n'est ma foi qu'un *flon-flon*
Qui cause votre querelle;

Mariez, mariez, mariez-là;
Car elle eſt encor pucelle.
Mariez, mariez, mariez-là;
C'eſt le duel qu'il faut là.

TATIUS.

Vous vous aimez! Hé! que diable, ne l'avez-vous dit plutôt? Vous nous auriez épargné bien du verbiage héroïque. Tenez.

AIR 55. (*Ramonez-ci, ramonez-là*)

Profitez de la préſence
Du Grand-Prêtre qui s'avance;
Epouſez, ne tardez pas:
Ramonez-ci, ramonez-la,
La, la, la,
La cheminée du haut en bas.

CHOEUR.

Ramonez-ci, &c.

MURE'NA, *s'approchant des deux Rois.*

Doucement, Meſſieurs, doucement! Je m'oppoſe à ce mariage de la part de tous les Dieux.

ROMULUS.

Oh! Je me moque de ton oppoſition; je vais la faire lever au Senat.

TATIUS, *à Romulus.*

Bon, bon. Cela est bien nécessaire !

AIR 34. (*Pour faire honneur à la noce*)

* Finissons là notre Piéce,
N'allongeons point le parchemin.
Vous disposez de votre main,
Moi de celle de la Princesse.
Finissons là notre Piéce,
N'allongeons point le parchemin.

SCENE XVII. & DERNIERE.

Les Acteurs de la Scene précedente, PROCULUS.

PROCULUS.

AIR 14. (*Voulez-vous savoir qui des deux*)

Romulus, je suis ton Rival,
Accablé d'un revers fatal.
Je me tûrois ici sans peine ;
Mais je ne veux pas, sur ma foi,
** Démentir l'histoire Romaine,
Qui me fait vivre plus que toi.

* Quelques Critiques ont trouvé que la fin du quatriéme Acte auroit dû être celle de la Piéce.

** Des Chronologistes n'ont pas trouvé bon que Proculus se soit tué.

ROMULUS.

AIR 137. (*Vous avez raison, Laplante*)

Vous avez raison, Laplante,
Il est bon sur ce ton-là,
Larira.

Mais, Proculus, vous m'avez trahi, & vous ne vous poignardez pas !

PROCULUS.

Je vous vois venir !

AIR 14. (*Voulez-vous savoir qui des deux*)

Vous attendez apparemment
Que je me perce en ce moment,
Pour dire d'une voix capone:
Ami, * *je t'aurois pardonné.*
On sait bien que Romulus donne
De la moutarde après-dîné.

TATIUS, *à Proculus.*

Va-t'en au diable, Traître ! Ne trouble point la paix de la famille.

ROMULUS.

AIR 138. (*Les Sept-sauts*)

Allons, mes amis, faisons bombance ;
Chantons, & remuons les gigots.

* Dans les premières représentations Romulus voyant Proculus prêt à mourir, lui disoit qu'il lui auroit pardonné.

(*à Hersilie.*)

Ma Princesse, vous saurez qu'en danse
Comme en guerre, je suis un Héros;
Je fais, d'un jarret dispos,

(*Il saute.*)

Un saut, deux sauts, trois sauts, quatr' sauts,
cinq sauts, six sauts,
sept sauts.

CHOEUR.

AIR (*Parodié de Phaëton*)

Que de tous côtez l'on entende
Le nom de Romulus retentir jusqu'aux toits.
Est-il pour nous une gloire plus grande?
Dans un Village on va compter deux Rois.

Tous les Acteurs forment une danse qui finit la Piéce.

FIN.

Boïard del. F. Poilly f.

LE

JEUNE-VIEILLARD.

Piéce en trois Actes, tirée des *Contes Persans.*

Representée à la Foire de S. Laurent 1722. par les Comédiens Italiens de S.A.R. Monseigneur le Duc d'Orleans Régent.

ACTEURS
du premier Acte.

CANSOU, fameux Cabaliste.

ADIS, Esclave favori de Cansou.

FARZANA, Maîtresse de Cansou.

ARLEQUIN, Esclave de l'Oncle d'Adis.

TORGUT, Esclave de Cansou, petit noir & bossu.

Un MARCHAND d'Esclaves.

Troupe d'ESCLAVES.

La Scene est à une maison de plaisance de Cansou, près de Surate.

LE JEUNE-VIEILLARD.

ACTE PREMIER.

LE Theâtre représente une belle Cour au fond de laquelle il y a un Peristile magnifique.

SCENE PREMIERE.

ADIS, ARLEQUIN.

ARLEQUIN.

Quoi, Seigneur Adis, vous ne voulez pas sortir d'Esclavage ?

ADIS.

Non.

ARLEQUIN.

Me voilà donc bien avancé ! Après vous avoir cherché deux ans par ordre de votre bon-homme d'Oncle de Ceylan ; après avoir essuyé des tempêtes de tous les mille diables, je vous retrouve hier à Surate Esclave ; Et quand je viens ce matin à cette Maison de campagne pour vous racheter, vous priez vous-même votre Patron de n'y pas consentir.

ADIS.

Ah ! mon cher Arlequin, si tu connoissois comme moi Cansou mon Maître, tu ne t'étonnerois plus de me voir mépriser la liberté.

ARLEQUIN, *branlant la tête.*

Je suis votre valet.

ADIS.

Il me regarde comme son propre fils.

ARLEQUIN.

Fadaises.

ADIS.

De plus. C'est un savant Personnage ; qui m'a promis d'enrichir mon esprit de toutes les belles connoissances qu'il posséde.

ARLEQUIN.

ARLEQUIN.

Bagatelles.

ADIS.

Il à des richesses immenses, des trésors que la prodigalité-même ne pourroit épuiser, & qui doivent un jour m'appartenir.

ARLEQUIN.

Oh! passe pour cela.

ADIS.

Mais ce qui me charme davantage, c'est l'amitié qu'il a pour moi.

ARLEQUIN.

On fait ici grand'chere, apparemment.

ADIS.

La chére du monde la plus délicate.

ARLEQUIN.

Je ne vous presse plus de vous en retourner.

ADIS.

Tu y perdrois ta peine. Et si tu fais bien, tu ne me quitteras pas.

ARLEQUIN, *voulant s'en aller.*

C'en est fait, Seigneur, je m'en vais.

ADIS.

Eh! non, demeure, mon ami!

ARLEQUIN.

Je m'en vais, vous dis-je.

ADIS.

Où peux-tu aller pour être mieux?

ARLEQUIN.

Je vais à Surate chercher mes hardes que j'ai laissées chez mon hôte; & je viens ici planter le piquet.

ADIS, *souriant.*

Je t'entends. Va. Dépêche-toi... Mais j'apperçois Cansou. Il me paroît agité.

SCENE II.

ADIS, CANSOU.

CANSOU.

Je vous cherchois, mon Fils. Il est tems de vous découvrir le grand dessein que j'ai formé. Je vais m'éloigner de vous pour une année entiére.

ADIS.

Que m'apprenez-vous, Seigneur ! Qui peut arracher l'heureux Canſou à la vie agréable dont il joüit dans cette retraite avec Farzana ſa charmante Eſclave ?

CANSOU.

Le déſir de poſſéder tous les ſecrets de la Nature.

ADIS.

Hé ! que manque-t-il à votre ſavoir ? Quels prodiges ne faites-vous pas ? Vous métamorphoſez les hommes quand il vous plaît : Vous animez les Végétaux : Ce ſuperbe Edifice ne vous a coûté qu'un coup de baguette. Eſt-il quelque myſtére dans la Cabale que vous ignoriez ?

CANSOU.

Je ne les ſais pas encore tous, mon cher Adis ; & je ne ſerai point ſatisfait, que je n'aye lû tous les livres du ſage Chehabeddin, qui contiennent la ſcience univerſelle, & qu'il a enfermez avant ſa mort dans la Caverne de la Montagne-Rouge.

ADIS.

Vous ne m'avez point encore parlé de cette Caverne.

CANSOU.

Elle est auprès de la Ville de Carizme, sur les bords de la Mer Caspienne. On y entre par quatre portes, qui s'ouvrent d'elles mêmes au commencement de chaque année, & se referment deux heures après. Les Savans qui y vont n'ont que ce tems-là tous les ans pour feüilletter ces Livres merveilleux. Si quelqu'un s'y arrétoit un instant de plus, il y périroit de faim; puisqu'aucun mortel n'a la puissance d'en ouvrir les portes.

ADIS.

Il ne faut pas demander si vous y avez été.

CANSOU.

Plusieurs fois: Mais quel profit en ai-je pû tirer? dix siécles ne suffiroient pas pour contenter ma curiosité. Aussi, j'ai résolu de me laisser enfermer dans la Caverne qui doit s'ouvrir aujourd'hui.

ADIS.

Quel projet! J'en frémis! Comment y pourrez-vous subsister?

CANSOU.

C'eſt cette difficulté qui m'a empêché juſqu'ici d'exécuter mon deſſein ; mais j'ai depuis peu composé un Elixir, dont je ne veux par jour qu'une ſeule goute pour braver la faim & la ſoif.

ADIS.

Que cette nouvelle va cauſer de douleur à Fatzana !

CANSOU.

Fatzana a déja reçu mes adieux. J'ai été touché, je l'avoüe, du ſaiſiſſement qu'elle a fait paroître, lorſque je lui ai annoncé mon voyage. L'état où je la laiſſe ſeroit capable de me détourner de ma réſolution, ſi dans les hommes comme moi l'amour n'étoit pas une paſſion ſubordonnée à celle de l'étude.

ADIS.

Puiſqu'une Maîtreſſe ſi tendre ne peut vous retenir, les regrets & l'amitié d'Adis s'oppoſeroient envain à votre départ.

CANSOU.

Vous devez plutôt le ſouhaiter. A mon retour, je vous ferai part des belles connoiſſances que j'aurai aquiſes. Pendant mon abſence, je vous abandonne le ſoin de ma maiſon. Je vous recommande ſurtout de donner votre attention à Farzana ; de veillier, (je ne dirai pas ſur ces démarches, elles ne me ſont point ſuſpectes,) mais ſur les entrepriſes que quelque ennemi de mon repos pourroit tenter en mon abſence. Fai ſi bien, mon cher Fils, que je retrouve ce précieux dépôt tel que je te le confie.

ADIS.

Vos bontez, Seigneur, vous répondent d'Adis.

CANSOU.

Mon fidelle Eſclave Torgut ſecondera ta vigilance, & contribuera par ſes saillies boufonnes à charmer les ennuis de Farzana. Je parts l'eſprit tranquile. Adieu.

(Il l'embraſſe & s'en va.)

SCENE III.

ADIS *ſeul, après avoir rêvé un moment.*

Puiſſe-t-il faire un heureux voyage.

Mais je ne sais pourquoi je me sens prévenir d'un noir pressentiment.

SCENE IV.

ADIS, TORGUT, *petit Esclave noir & bossu.*

TORGUT, *riant à gorge déployée*

Ha, ha, ha, ha, ha !

ADIS.

Pourquoi ces ris immoderez ?

TORGUT.

Notre Maître vient de partir comme une fusée volante.

(*Il contrefait le bruit d'une fusée qui part.*)

ADIS.

J'envie ton bonheur, Torgut ; tout te divertit, & tu ne perds jamais ta belle humeur.

TORGUT.

Jamais. Je suis sectateur du grand Philosophe qui a fait cette Chanson.

Il chante.

AIR 139.

Chers amis, réjoüissons-nous,
Faisons les foux : *bis.*
Estre fou, & se réjoüir?
C'est être sage ;
Estre sage sans se réjoüir,
C'est être fou.

ADIS.

Ta gaïeté naturelle nous sera d'un grand secours pour divertir Farzana.

TORGUT.

Je vous en réponds ! J'en ai bien diverti d'autres.

ADIS.

Je la vois qui s'avance. Tâche de la desennuyer, pendant que je vais dans cette prairie lui cueiller de fleurs.

SCENE V.

TORGUT, FARZANA.

TORGUT.

Allons, Madame, contre fortune bon

cœur. N'engendrez point de mélancolie. Prétez-vous au ſoin que je vais prendre de vous amuſer.

FARZANA, *ſoûpirant.*

Ahi !

TORGUT, *chantant.*

AIR 140. (*Je paſſe la nuit & le jour*)

A table le verre à la main,
Je fais le plaiſir des bons Drilles :
Je prends un air les fagotin,
Lorſque je ſuis avec les filles ;
S'agit-il de ſe tremouſſer ?
Je ſuis toûjours prêt à danſer,
Prêt à danſer,
Prêt à danſer,
Je ſuis toûjours prêt à danſer.

FARZANA.

Quelle gaïeté !

TORGUT.

Rions, chantons, danſons, faiſons ripaille ; c'eſt le moyen de trouver l'année courte.

FARZANA.

Tu parles bien à ton aiſe, Torgut. L'amour à ce que je vois ne te fait guere ſentir ſes peines.

TORGUT.

Non, parbleu! je n'en prends que le bon. Je mets toutes mes Maîtresses sur ce pié-là.

FARZANA, *souriant.*

¡Tes Maîtresses!

TORGUT.

Oüi, Madame, mes Maîtresses. J'en ai vingt à Surate & des plus hupées encore.

FARZANA, *riant.*

¡Un homme de ta figure!

TORGUT.

Ne méprisons personne. Si nous n'avons pas des traits réguliers, la taille dégagée, en récompense nous avons... ce que nous avons.

FARZANA.

Le joli Mignon!

TORGUT.

Tenez, ma Sultane. La nature ne produit point des hommes tout parfaits, ou tout défectueux. Il entre dans ses ouvrages un mélange de bonnes & de mauvaises qualitez. Les hommes beaux & bienfaits ne sont jamais sans défauts; les hommes laids & mal bâtis ont toûjours quelque chose de bon.

FARZANA.

Tu me parois fort content de ta petite personne.

TORGUT.

Avec raison. Tel que vous me voyez, savez-vous bien que j'ai damé le pion aux plus beaux Garçons de la Cour de Perse?

FARZANA, *riant.*

Je n'en doute pas.

TORGUT.

Je suis né pour amuser les filles. Je leur chante des chansons gaillardes, je les fais cabrioler, je les pince, je les tourmente; je leur fais des contes croustilleux; Enfin, je les mets si bien en train, qu'en m'écoutant, elles oublient qu'elles me voyent.

FARZANA.

Tu peux bien engeoller avec cela quelque petite étourdie; mais je crois que des femmes discrétes....

TORGUT.

Eh! C'est justement celles-là qui

cherchent des gens de notre espéce ! Comme tout le monde nous croit des Magots sans conséquence, les Prudes mettent à profit le mépris qu'on a pour nous.

FARZANA.

C'est un profit, je t'assûre, dont je ne serois pas tentée.

TORGUT.

Sur ce pié-là, je suis donc bien éloigné de mon compte; puisque j'aspire à vous mettre au rang de mes bonnes fortunes.

FARZANA, *riant de toute sa force.*

Ha, ha, ha, ha! Vous avez des desseins sur moi, Seigneur Torgut! Je suis ravie que vous m'en avertissiez; je me précautionnerai contre un homme aussi dangereux que vous.

TORGUT.

Précautions inutiles. Je vous regarde comme une Place qui va bientôt manquer de vivres. Je veux vous assiéger par mes entretiens spirituels, par mes vives instances, & si je ne vous puis prendre d'assaut, je vous aurai par famine.

FARZANA, *riant.*

Il est boufon!

TORGUT, *lui prenant la main.*

Çà, ma Reine, supprimons les grimaces. Nous avons une année à nous, n'en perdons pas un quart d'heure.

(Il veut lui baiser la main.)

FARZANA, *d'un air serieux, retirant sa main.*

Mais je crois que c'est tout de bon.

TORGUT, *reprénant brusquement la main de Farzana & la baisant malgré elle.*

N'en doutez pas. Je suis tout prêt à vous le persuader.

FARZANA, *lui donnant un soufflet.*

Vous êtes un Insolent.

TORGUT.

Vous ne savez pas ce que vous refusez.

FARZANA.

Retire-toi, vil Esclave! Va chercher des malheureuses dignes de tes douceurs.

TORGUT.

Je vois bien que j'ai trop brusqué l'avanture; & que si.....

FARZANA.

Ote-toi de mes yeux. Crain le retour de Cansou.

TORGUT, *à part, se retirant.*

Tu me la payeras.

SCENE VI.

FARZANA, *seule.*

Lo Misérable ! Si un monstre peut se flater qu'une femme approuvera son audace, comment un Joli-homme ne sera-t-il pas téméraire ?

SCENE VII.

FARZANA, ADIS.

ADIS, *lui présentant un bouquet.*

Madame, souffrez que je vous présente ces fleurs que je viens de cueillir. Après avoir fait l'ornement de la prairie, elles vont sécher sur le sein de Farzana ; leur sort ne pouvoit être plus glorieux.

FARZANA.

Adis, votre attention me charme. Vous m'êtes d'une grande consolation dans l'absence de Cansou.

ADIS.

Je ne puis trop marquer de considération pour une personne qui lui est si chére, ni assez reconnoître les bontez qu'il a pour moi.

FARZANA.

Il en est bien payé par le bonheur qu'il a de vous avoir ; votre seul mérite est digne de tout ce qu'il fait pour vous.

ADIS, *confus.*

Madame, ...

FARZANA.

Le voilà donc parti ?

ADIS.

Je partage avec vous la douleur de son éloignement.

FARZANA.

Ah ! ne croyez point, Adis que son absence me fasse beaucoup de peine.

ADIS, *étonné.*

Que dites-vous ?

FARZANA.

Je m'aperçois depuis long-tems qu'il eſt détaché de moi.

ADIS.

Pouvez-vous faire cette injuſtice à ſon amour ?

FARZANA.

Il ne m'aime plus, vous dis-je. Hé ! s'il m'aimoit encore, m'abandonneroit-il, pour ſatisfaire une vaine curioſité ?

ADIS.

Ne vous plaignez point, belle Farzana, d'un Philoſophe qui ne vous donne que l'étude pour Rivale. Ah ! ſi vous ſaviez ce qu'il ma dit en partant ! ....

FARZANA.

Ne cherchez point à l'excuſer. Son indifference peu à peu m'a glacé pour lui ; & un jeune-homme tout charmant a pris ſa place dans mon cœur.

ADIS.

Qu'entends-je !

FARZANA.

J'ai le plaisir de le voir & de lui parler tous les jours.

ADIS, *en colere.*

Comment cet audacieux a-t-il pû tromper notre vigilance, & se dérober au châtiment... ?

FARZANA.

Ne lui souhaitez point de mal. C'est... Ne devriez-vous pas déja m'avoir entenduë ? Quel autre que vous a la liberté de s'offrir à ma vûë ? Quel autre qu'Adis pourroit toucher Farzana ?

ADIS, *troublé.*

O Ciel !

FARZANA.

Je me suis bien attenduë à votre étonnement. Je sais ce que vous devez à Canson ; & j'ai prévû le trouble où votre reconnoissance scrupuleuse vous jetteroit à cet aveu : Mais aussi ne devez vous rien à ma tendresse ?

ADIS.

Dans quel embarras me mettez-vous !

FARZANA.

Eh ! qui ne vous excusera pas d'avoir sacrifié l'amitié à l'amour ? Croyez-moi, mon cher Adis, profitons de l'absence de Cansou ; courons nous embarquer avec ses trésors ; allons chercher un asile où nous ne soyons occupez que du plaisir de nous aimer.

ADIS.

Que me proposez-vous ! Quand je serois capable de payer d'une si noire ingratitude la confiance & les bienfaits du meilleur de tous les Maîtres, pensez-vous que notre crime pût demeurer impuni ? Dans quel lieu de la terre serions-nous à couvert de son juste ressentiment ?

FARZANA.

Ah ! Cruel, tu n'aimes point Farzana ! Que dis-je ? Tu me détestes, puisque la crainte d'un péril éloigné peut balancer un moment le bonheur de vivre avec moi.

ADIS.

Ce n'eſt point le péril qui m'étonne, c'eſt la trahiſon. Si vous aimez Adis, ſa gloire doit vous être chére. Seroit-il digne de vous, s'il violoit les droits les plus ſacrez ? Rentrez en vous-même Farzana, ſongez que vous devez tout à Canſon.

FARZANA, *fondant en pleurs.*

Que je ſuis malheureuſe !

ADIS.

Pourquoi faut-il que mon honneur & mon devoir ne me permettent pas d'être à vous ! J'atteſte le Ciel que je préférerois un ſort ſi doux à tous les Empires du monde.

FARZANA.

Vous voulez donc, Barbare, voir périr Farzana ?

En cet endroit Canſou paroît avec Torgut, qui lui fait remarquer Adis aux genoux de Farzana.

ADIS, *ſe mettant à genoux & tenant la main de Farzana.*

C'eſt moi, Madame, c'eſt moi que vous ferez mourir, ſi vous rejettez ma prière ; si vous ne m'accordez pas ce que je vous demande.

SCENE VIII.

ADIS, FARZANA, CANSOU.

CANSOU, *en fureur.*

Ah ! Perfide, je te surprends !

FARZANA, *à part.*

Je suis perduë ! Fuyons.

(elle s'enfuit.)

CANSOU.

Le trépas seroit une peine trop legere pour un Scelerat comme toi ; je te prépare un supplice plus cruel que la mort.

Cansou fait quelques gestes Cabalistiques avec sa baguette. Aussitôt l'air s'obscurcit, les vents sifflent, le tonnerre gronde, la terre tremble, le Palais se change en désert.

ADIS, *se mettant à genoux devant Cansou.*

Seigneur, écoutez-moi.

CANSOU, *le frapant de sa baguette.*

Je ne veux point t'entendre, Traître ! Devient un Vieillard décrépit ; & passe ſous cette hideuſe forme les plus beaux jours de ta vie.

Adis devient tout-à-coup un Vieillard. Son dos ſe courbe, ſon front ſe ride, une barbe blanche lui ſort du menton, & ſes habits ſe changent en haillons.

ADIS, *d'une voix caſſée.*

Canſou ! ſuſpendez un moment votre colere. Sortez d'erreur. Je ne ſuis point coupable.

CANSOU.

Ingrat! Je n'en ai que trop vû.]

ADIS.

Ce n'eſt pas pour vous que je veux me juſtifier, c'eſt pour moi-même.

CANSOU, *à part.*

Me ſerois-je trompé ?

ADIS.

Votre précipitation....

CANSOU.

Tai-toi. Je vais éclaircir la vérité. J'en croirai mon art plutôt que tes diſcours.

Il courbe en demi-cercle sa baguette, ce qu'il accompagne de quelques contorsions.

Qu'ai-je fait, malheureux ! Trop prompt à suivre le premier mouvement de ma fureur, j'ai confondu l'innocence avec le crime ! Que me sert-il d'être Philosophe, si je suis le joüet de mes passions comme un homme ordinaire ?

à Adis le serrant dans ses bras.

O mon Fils ! C'est donc moi qui t'ai mis dans l'état où je te vois ! J'en mourrai de douleur.

ADIS.

Hé, pourquoi ces regrets ? Le savant Cansou ne peut-il reparer le mal qu'il a fait ?

CANSOU.

Hélas ! si je le pouvois, je ne m'affligerois pas !

ADIS.

Quoi, votre science... ?

CANSOU.

Elle m'est inutile. L'enchantement est tel, que tu ne peux reprendre ta premiére figure, à moins que tu ne trouves une fille au-dessous de vingt ans qui devienne amoureuse de toi.

ADIS.

Ah! Seigneur, à quelle espérance me réduisez-vous! Où trouver une fille d'assez mauvais goût, pour...?

ÇANSOU.

La chose est difficile; mais je ne la crois pas impossible, quand je pense à la bizarrerie des goûts.

ADIS.

La foible ressource!

CANSOU.

Je vais retourner à la Caverne, d'où je ne suis revenu que pour prendre une lampe dont j'ai besoin, & que j'avois oubliée. Je n'ai plus d'autre envie présentement que d'y apprendre quelque secret qui détruise mon funeste ouvrage.

ADIS.

Puissiez-vous y réüssir.

CANSOU.

Mais avant que je parte, il faut que je punisse les coupables.

SCENE IX.

CANSOU, ADIS, TORGUT.

TORGUT, *se jettant aux pieds de Cansou.*

Mon cher Maître, j'implore votre clémence ! Que mon repentir me fasse trouver grace auprès de vous.

CANSOU, *levant le bras.*

Non, méchant, point de pardon! Je vais te....

ADIS, *lui retenant le bras.*

Oubliez, Seigneur, l'offense qu'il vous a faite. Souffrez que j'intercéde pour lui & pour Farzana.

CANSOU.

Vous êtes trop généreux, mon Fils. Je leur pardonne à votre priere. Mais que l'indigne Farzana ne se présente jamais à mes yeux.

(*à Torgut.*)

(*à Torgut.*)

Vous, voilà votre Maître. Méritez, en le servant avec zele, la vie que vous lui devez. Levez-vous. Allez tout à l'heure à Surate faire préparer l'Hôtel magnifique que je destinois à Farzana.

TORGUT.

J'y cours.

CANSOU.

Attendez. Je vous charge de faire publier dans la Ville qu'il y a un riche Vieillard à marier ; & que toute fille au-dessous de vingt ans sera bien reçûë à se présenter.

TORGUT, *s'en allant.*

C'est une affaire faite.

SCENE X.

CANSOU, ADIS.

CANSOU.

Adis, vous connoissez cet Hôtel. Vous savez où sont mes trésors. Prodiguez-les ; n'épargnez rien pour éblouïr les jeunes personnes qui vont fondre chez vous. Embrasse-moi. (*après l'avoir embrassé.*) Ta vûë me déchire le cœur.

(*Il sort avec précipitation.*)

SCENE XI.

ADIS, *seul.*

Je ne méritois point le malheur qui m'est arrivé ; mais aussi puis-je ne pas excuser mon ami ? Dans le tems que je parlois pour lui à Farzana, & que je m'efforçois de la faire rentrer dans son devoir, mon action & mes paroles même ont dû faire soupçonner ma fidelité. Après cela, peut-on être trop en garde contre les apparences ?

(*Il se proméne en rêvant tristement.*)

SCENE XII.

ADIS, ARLEQUIN, *chargé d'une Valise.*

ARLEQUIN, *à part après avoir regardé de toutes parts.*

Où diable suis-je donc ? Je me serai sans doute égaré. (*Il se frote les yeux*)

Non. Voilà Surate là-bas. Je reconnois ce grand chemin, & cette orniére où j'ai pensé tomber en sortant. Mais je ne vois point la Maison du Seigneur Cansou. Oüais! Qu'est-ce que cela veut dire? Il faut que j'en demande des nouvelles à ce Vieillard. (*Il siffle.*)

Parlez donc, hée! Bon-homme!

ADIS, *se retournant dit à part douloureusement.*

Voici mon Valet! Qu'il va être surpris!

ARLEQUIN.

Ne sauriez-vous point par hazard où est allé un Château qui étoit ici tantôt?

ADIS, *sanglotant.*

Ah! mon cher Arlequin!...

ARLEQUIN.

Je ne vous remets pas, mon ami.

ADIS.

Je te pardonne de ne me pas reconnoître dans l'état où je suis.

ARLEQUIN.

Hé, qui êtes vous donc, s'il vous plaît?

ADIS.

Je suis Adis.

ARLEQUIN, *riant.*

En voici bien d'un autre.

ADIS.

Je le suis, te dis-je, quelque différent que je te paroisse de lui.

ARLEQUIN.

A ce que je vois, Pére, tous les foux ne sont pas renfermez.

ADIS.

Non, non, ce n'est point un Insensé qui te parle. Appren ce qui m'est arrivé depuis ton départ pour la Ville.

ARLEQUIN, *à part.*

Que va-t-il me conter ?

ADIS.

Cansou, dont je t'ai vanté le pouvoir magique, a crû sur de fausses apparences que je le trahissois ; & dans sa colére, sans vouloir m'entendre, il m'a changé en Vieillard.

ARLEQUIN.

Cela seroit-il possible ?

ADIS.

Rien n'est plus véritable. Il a fait en même tems disparoître ce beau Palais que tu cherches.

ARLEQUIN, *à part.*

En effet, je ne le vois plus. Ma foi, je ne sais ce que j'en dois penser.

ADIS.

Quoique ma voix soit tremblante & cassée, ne t'aperçois-tu pas qu'il y reste encore quelque chose de celle que j'avois ?

ARLEQUIN.

Oüi, si peu que rien. Mais, attendez. Je saurai bien par mes questions si vous êtes Adis. Comment s'appelloit votre Pére ?

ADIS.

Ganem.

ARLEQUIN.

Cela est vrai. Dequoi se mêloit-il ?

ADIS.

Il étoit Marchand Joyaillier.

ARLEQUIN.

Tout juste. A qui appartenoit le Vaisseau sur lequel vous étiez en partant de Ceylan ?

ADIS.

Au Capitaine Dehaousch.

ARLEQUIN.

Quelqu'un peut vous avoir appris tout cela. Mais je vais m'éclaircir tout d'un coup. Vous souvient-il qu'un jour je vous entretenois de mon séjour en France ?

ADIS.

Je m'en souviens parfaitement.

ARLEQUIN.

Me diriez-vous bien la mauvaise affaire qui m'y est arrivée, & dont je vous fîs confidence ?

ADIS, *rêvant.*

La mauvaise affaire....

ARLEQUIN, *à part.*

Le voilà pris.

ADIS.

Oh ! je me la rappelle.

ARLEQUIN.

Voyons.

ADIS.

Tu me dis que, pour certaine bagatelle qui déplut à la Justice, tu avois été cinq ans aux Galéres.

ARLEQUIN, *sautant au col d'Adis.*

Ah ! Seigneur Adis, c'est bien vous ! Je n'en puis plus douter. Comme vous voilà fait ! Aussi, vous n'avez pas voulu me croire ce matin. Le vilain Sorcier !

(Il regarde avec frayeur de tous côtez.)

ADIS.

Que regardes-tu avec tant d'agitation ?

ARLEQUIN.

Je regarde s'il ne vient point. Il pourroit accommoder le Valet comme le Maître.

ADIS.

Ne crain rien, mon Enfant. Canſou eſt plus fâché que moi-même du traitement qu'il m'a fait, & il ne ſonge plus qu'aux moyens de me rendre ma premiére forme.

ARLEQUIN.

Il n'a donc point de ſecret tout prêt pour cela ?

ADIS.

Non, il en cherche un.

ARLEQUIN.

C'eſt-à-dire que c'eſt un Maître pour faire le mal, & un Apprenti pour faire le bien.

ADIS.

Je ſuis content de lui. Il me laiſſe maître d'un ſuperbe Hôtel qu'il a à Surate, & de toutes les richeſſes qui y ſont.

ARLEQUIN.

Ha-ha ! Qu'eſt-ce que c'eſt que ces gens-ci ?

ADIS.

C'eſt un Marchand qui va vendre aparemment des Esclaves à la Ville. Il ne pouvoit plus à propos passer par ici ; j'ai besoin d'un grand nombre d'Esclaves pour fair e figure.

SCENE XIII.

ADIS, ARLEQUIN, un MARCHAND d'Esclaves, Troupe d'ESCLAVES.

ADIS, *au Marchand.*

Voulez-vous nous vendre vos Esclaves ?

Le MARCHAND *étonné.*

A vous !

ARLEQUIN.

A nous-mêmes.

Le MARCHAND, *riant.*

Hé, hé, hé, hé ! Vous me paroissez bien en état d'en acheter.

ADIS.

Que cela ne vous embarasse pas, l'ami; j'ai de quoi les payer, s'ils me conviennent.

ARLEQUIN, *au Marchand.*

Oh! C'est un Pére aux écus! Il ne paroît pas ce qu'il est, au moins.

ADIS.

Quels sont leurs talens?

Le MARCHAND.

Ils chantent & dansent à ravir.

ARLEQUIN.

Bon. C'est ce qu'il nous faut.

Le MARCHAND, *à ses Esclaves.*

Allons, Enfans, montrez ce que vous savez faire.

Les Esclaves forment une danse, qui est coupée par les deux Couplets suivans.

Un ESCLAVE.

AIR 142. (*de Mr. Mouret.*)

Nous sommes, dans l'Esclavage,
Patrons, plus heureux que vous.
Vous avez, tristes Jaloux,
Mille tourmens en partage,
Avec le souci du ménage;
Vous êtes moins libres que nous.

Une ESCLAVE.

(Même Air.)

Nos appas, dans l'Esclavage,
Nous font un sort des plus doux.
Le Patron à nos genoux
Chaque jour nous rend hommage ;
Dès l'instant que l'amour l'engage,
Il est plus Esclave que nous.

(Les Esclaves reprennent la danse.)

ADIS, *au Marchand.*

Je suis content de vos Esclaves. Vous n'avez qu'à me suivre.

Fin du premier Acte.

ACTEURS
du ſecond Acte.

ADIS.

ARLEQUIN.

TORGUT.

FATIME, } Jeunes Païſannes.
CADIGE, }

SUTLUMEME', vieille Eſclave d'Adis.

BANOU, Pére d'Amine.

AMINE.

MULKARA, Mére de Nour.

NOUR.

ESCLAVES d'Adis.

La Scene eſt dans l'Hôtel de Canſon à Surate.

ACTE II.

E Theâtre représente un riche Apartement dans le goût des Indes.

SCENE PREMIERE.

ARLEQUIN, TORGUT.

TORGUT.

Je n'ai pas perdu de tems, comme tu vois.

ARLEQUIN.

Ni moi non plus, mon ami. Je n'ai pas desemparé la Cuisine.

TORGUT.

J'ai mis notre Hôtel en bon état.

ARLEQUIN.

Et moi, mon ventre.

TORGUT.

Et fait publier partout l'ordre dont j'étois chargé.

ARLEQUIN.

Il paroît que le Crieur a bien fait son devoir. On diroit que c'est ici la Foire aux Filles.

TORGUT.

C'est une chose réjouissante à voir ; d'un côté les minauderies différentes que font ces Poulettes, pour piper le Bonhomme ; & de l'autre, la peine qu'il se donne sous un habit galant, pour leur fasciner les yeux.

ARLEQUIN.

Cela fait un plaisant tableau.

TORGUT.

Elles sont bien les duppes du Vieillard !

ARLEQUIN.

Et le Vieillard est bien la duppe de lui-même.

TORGUT.

Elles ne cherchent que son argent, qu'elles n'auront point.

ARLEQUIN.

Et il ne cherche que sa jeunesse, qu'il ne retrouvera plus.

TORGUT.

J'en ai peur. Morbleu ! pourquoi Cansou ne s'est-il pas contenté de l'enlaidir, sans le rendre vieux? Il y auroit bien plus d'espérance.

ARLEQUIN.

Ce ne seroit que demi-mal.

TORGUT.

Sans doute. Il est bien différent auprès des femmes d'être laid, ou d'être vieux.

ARLEQUIN.

Oüi, vraîment. La nuit comme le jour, un Vieillard paroît toûjours ce qu'il est ; mais la laideur disparoît, quand on a soufflé la chandelle.

TORGUT.

Tu as raison... Ho-ho ! voici deux Païsannes, qui viennent apparemment chercher le gros lot.

ARLEQUIN.

Elles sont assez jolies.

SCENE II.

ARLEQUIN, TORGUT, FATIME, CADIGE.

FATIME.

Dites-moi un peu, mes Amis, croyez-vous que nous puissions nous présenter au riche Seigneur qui veut se marier ?

TORGUT.

Pourquoi non ?

FATIME.

C'est que nous sommes deux pauvres Villageoises. On ne voudra peut-être point de nous à cause de cela.

ARLEQUIN.

Oh ! que si. Notre Maître ne donne point dans la broderie.

TORGUT.

Pourvû qu'il trouve une fille qui prenne d'abord de l'affection pour lui, voilà tout ce qu'il demande. Attendez ici un moment, je vais vous l'envoyer, sui-moi,

Arlequin. Vien. Allons faire l'essai des vins que j'ai achetez.

ARLEQUIN.

Tope. Je suis un bon gourmet.

TORGUT.

Et un grand gourmand.

SCENE III.

FATIME, CADIGE.

FATIME.

Ecoutez, Cadige. Il ne faut point ici faire la sotte. Nous sommes des Orphelines sans bien & sans appui; il ne nous convient pas d'être délicates sur le choix d'un Mari.

CADIGE, *d'un air chagrin.*

Vous me rebattez toujours la même chose.

FATIME.

Je ne saurois trop vous le répéter. Vous ne sentez pas assez quel avantage ce seroit pour nous, si l'une de nous deux épousoit ce riche Vieillard.

CADIGE.

Si fait, si fait, je le sens bien ; mais....

FATIME.

Paix. Le voilà. Faites-lui une grande révérence.

(*Elles saluent Adis.*)

SCENE IV.

FATIME, CADIGE, ADIS.

ADIS, *à part, frappé de la vûë de Cadige.*

Que vois-je ! La charmante personne ! Quel trouble me saisit ?

à Cadige.

Approchez, mon aimable Enfant. Je suis transporté de plaisir en vous voyant.

FATIME.

Seigneur, seroit-il possible que ma sœur fût assez heureuse pour.....?

ADIS.

Oüi, sa vûë me cause une émotion que je n'ai point encore sentie. Quel bonheur pour moi, si je pouvois lui plaire !

FATIME.

Allons, Cadige, répondez donc à un discours si obligeant.

CADIGE.

Que voulez-vous que je lui dise ?

FATIME.

Dites-lui que vous êtes sensible à l'amour qu'il vous témoigne, & que vous seriez charmée de l'avoir pour Epoux.

CADIGE.

Non, ma sœur. Il est trop vieux & trop laid.

ADIS, *désolé.*

L'ai-je bien entendu !

FATIME, *à Cadige.*

Comment ? Est-ce ainsi que vous recevez l'honneur que ce bon Seigneur vous fait ?

CADIGE.

Je ne sais pas si c'est un honneur pour moi ; mais je sais bien que ce n'est pas un grand plaisir.

FATIME, *la poussant.*

La petite Etourdie ! Faut-il parler comme cela ?

CADIGE.

Je ne saurois parler autrement. Qu'il vous aime, vous, pour voir si vous l'aimerez.

ADIS.

Cansou ! trop cruel Cansou !

FATIME, *à Adis.*

Ne vous allarmez point des premiers discours d'une fille qui ne sait pas encore ce qui lui convient.

CADIGE.

Qui ne sait pas, dà ? Oh ! que si, je sais bien ce qui me conviendroit. Ce Jeune-homme de l'autre jour...

FATIME, *l'interrompant.*

Taisez-vous. Qu'allez-vous dire ?

ADIS, *à Fatime, avec émotion.*

Laissez-la parler.

à Cadige.

Qu'est-ce que c'est que ce Jeune-homme ?

FATIME.

Bon. Ce n'eſt rien. Il y a quelques jours qu'elle vit ſortir de cet Hôtel un jeune Eſclave de Canſou....

ADIS, *à part.*

O Ciel ! (*à Fatime*) Hé-bien, cet Eſclave....? Achevez.

FATIME.

La petite fille le regarda en paſſant. Elle ne fait depuis ce tems-là que m'en étourdir. Cependant il me parut à moi d'une figure aſſez commune.

CADIGE.

Point, point ; il eſt fort gentil. Oh ! je me doute bien pourquoi vous lui dites cela.

ADIS.

Et ſavez-vous ſon nom ?

FATIME.

Je ne m'en ſuis point informée.

CADIGE.

Je m'en ſuis informée, moi. Il s'appelle Adis.

ADIS.

Adis ! Quelle joye ! Vous me charmez !

FATIME.

D'où vient donc cela ?

ADIS, *à part.*

Que vais-je leur dire ? .. (*haut*) C'est que... c'est que ce Jeune-homme me touche de près... C'est un autre moi-même.

CADIGE.

Comment ?

ADIS.

C'est mon Petit-fils.

CADIGE.

Vous seriez son Grand-pere !

ADIS.

Oüi, je le suis, belle Cadige. Et je prétends vous le donner pour époux, dès qu'il sera de retour d'un petit voyage qu'il est allé faire.

CADIGE.

Ha ! .... Mais vous vous moquez de moi peut-être ?

FATIME.

Celà est-il bien vrai ?

ADIS.

Je parle très-serieusement. Je regarde dès ce moment Cadige comme ma Fille. Je me charge de sa fortune & de la vôtre. Vous, Fatime, je vous promets une dot considérable pour vous marier. A l'égard de votre sœur, je la retiendrai auprès de moi pour mon Fils. Elle aura ici un bel appartement, des habits magnifiques & des Esclaves pour la servir.

FATIME.

Je vous rends graces, Seigneur, des bontez que vous avez pour nous.

CADIGE.

Ah ! que je vous aime, à cause que vous êtes le Grand-pére d'Adis ! Tenez. Je veux bien demeurer avec vous.

ADIS.

Je ne me sens pas de joye ! Ma chere Petite, vous serez le support de ma vieillesse.

(Il appelle.)

Hola-ho ! Arlequin ! Torgut ! Quelqu'un !

SCENE V.

ADIS, FATIME, CADIGE, TORGUT, ARLEQUIN.

ARLEQUIN, *dans la Coulisse, la bouche pleine.*

Tout-à-l'heure, tout-à-l'heure.

TORGUT.

Que vous plait-il, Seigneur ?

ADIS.

Faites venir la vieille Esclave que j'ai achetée ce matin.

TORGUT.

Je vais vous obéir... Mais la voici.

(Il sort.)

SCENE

SCENE VI.

ADIS, FATIME, CADIGE, ARLEQUIN, SUTLUMEMÉ.

SUTLUMEMÉ.

Il y a dans la Chambre prochaine plusieurs filles, qui demandent à vous voir.

ADIS.

Dans un moment. Tenez, Sutlumemé. Voici une jeune personne que je vous confie. Servez-la comme ma propre fille. Menez-la dans la Garderobe, où vous trouverez toutes sortes d'habits. Parez-la de ceux qui lui plairont davantage.

SCENE VII.

ADIS, ARLEQUIN.

ARLEQUIN.

Ho-ho ! Que veut donc dire tout ceci ? Aulieu de chercher une fille qui vous aime, vous vous amusez à aimer les filles. Fi ! Est-ce que Cansou vous auroit laissé quelque levain de jeunesse ?

ADIS.

Cansou n'a point glacé mon cœur. Appren, cher Arlequin, l'heureuse découverte que j'ai faite. Cadige la plus jeune de ces deux Païsannes que tu viens de voir....

ARLEQUIN.

Hé-bien ?

ADIS.

Elle m'aime.

ARLEQUIN, *riant.*

Ha, ha, ha, ha! Elle l'aime, dit-il, elle l'aime.

ADIS.

Oüi, elle m'aime. Je n'en saurois douter.

ARLEQUIN.

Voyez comme il est changé. Vous n'avez pas seulement perdu une ride de cette affaire-là.

ADIS.

Je ne te dis pas qu'elle est éprise de moi tel que je suis présentement, mais de moi tel que j'étois avant ma métamorphose.

ARLEQUIN.

Mettez-moi cela au net.

ADIS.

Elle me vit par hazard ces jours passez, & elle devint amoureuse de moi.

ARLEQUIN.

Voilà une belle avance!

ADIS.

Sans doute. Je l'adore, j'en suis cheri; je serai le plus heureux des mortels, quand j'aurai repris mes premiers traits.

ARLEQUIN.

Hom! Il passera bien de l'eau sous le pont avant ce tems-là.

ADIS.

D'où vient? Dans le grand nombre de filles que je prétends voir, ne s'en peut-il pas trouver une qui conçoive un moment de l'amour pour moi?

ARLEQUIN.

Oüida. Les filles ont de mauvais momens,

ADIS.

Il n'est pas même impossible qu'en me découvrant à Cadige, je ne confonde les images dans son esprit. Les femmes ont l'imagination forte, & peuvent prendre le change.

ARLEQUIN.

Je suis votre valet. Elles trouvent souvent des Vieillards dans de Jeunes-gens; mais elles ne cherchent jamais de Jeunes-gens dans des Vieillards.

ADIS.

Je n'en puis perdre l'espérance. Je veux, en attendant, rendre de petits soins à mon aimable Villageoise, prévenir tous ses désirs, & lui donner une Fête dès ce soir.

ARLEQUIN.

Cela ne gâtera rien.

ADIS.

Je vais l'ordonner, & passer dans la Chambre prochaine, pour voir les filles qui m'y attendent. (*Il sort.*)

(*Arlequin le regarde aller d'un air de compassion.*)

SCENE VIII.

ARLEQUIN, *seul*.

Il ne manquoit plus au Patron, pour l'achever de peindre, que de devenir amoureux. Parbleu! Il faut que l'Amour, ce petit chien de fripon, soit bien malicieux d'enflammer les Vieillards, pour les rendre encore plus ridicules.

SCENE IX.

ARLEQUIN, BANOU, AMINE, *voilée*.

BANOU, *à Arlequin*.

Bon-jour, mon Enfant.

ARLEQUIN.

Serviteur.

BANOU, *un papier à la main*.

J'améne ici ma Fille pour la présenter à votre Maître. Voici le certificat de son âge. Elle entre dans sa 17. année.

ARLEQUIN.

Il faut voir si elle nous conviendra.

BANOU.

Oh! Je vous défie de trouver sa pareille dans toute la Ville.

à Amine.

Levez votre voile, Amine.

à Arlequin.

Voyez quelle beauté, quelle gentillesse!

ARLEQUIN.

Oüi, elle est fort jolie; mais la beauté n'est pas ce que nous cherchons.

BANOU.

Je vous entends. Vous voulez une fille d'esprit. Ha-ha! Vous n'avez qu'à l'écouter.

ARLEQUIN.

L'esprit? Non, ce n'est pas encore-là ce qu'il nous faut.

BANOU.

Ah! je vois ce que vous demandez! De la vertu, n'est-ce pas?

ARLEQUIN.

Fi donc! Nous ne sommes point curieux de cela.

BANOU.

Que diable cherchez vous-donc ?

ARLEQUIN.

Une fille qui ait un goût à rebours des autres.

BANOU.

Que voulez-vous dire ?

ARLEQUIN.

Une fille qui ne soit point effrayée d'une barbe blanche, & dont le cœur se rende aux premiers regards de deux yeux bordez d'écarlate.

BANOU.

Amine est prévenuë que le Patron est cassé de vieillesse ; cela ne l'empêche point de vouloir l'épouser.

ARLEQUIN.

Peste ! Il y en a bien d'autres qui voudroient le tenir : Mais le Seigneur, quoique vieux, veut qu'une Belle ait de l'inclination pour lui.

BANOU.

Voilà donc son fait. Il semble que j'aye prévû cette occasion : J'ai toujours eu ſoin d'élever ma Fille de façon, que je ne lui ai jamais permis de voir aucun homme au-deſſous de quatre-vingt ans.

ARLEQUIN.

C'eſt l'entendre ! Je vais vous aménet mon Maître (*à part*) j'ai bonne opinion de celle-ci.

SCENE X.

BANOU, AMINE.

BANOU.

Je te l'ai dit mille fois, Amine : Il n'y a que les Vieillards qui ſoient aimables. Je ſouhaite que celui-ci te revienne.

AMINE.

Mon Pére, je me conformerai toûjours à vos ſentimens.

BANOU.

Je le vois paroître. Mais il n'a rien de rebutant, ce Bonhomme-là.

AMINE.

Non, vraîment.

SCENE XI.

BANOU, AMINE, ADIS, ARLEQUIN.

ADIS, *d'un air déliberé.*

Vous voyez, ma Belle, le rare parti qui vous est proposé. Ne soyez point révoltée contre les apparences, je n'ai que les dehors d'un Vieillard.

ARLEQUIN.

Oüi. C'est un Moineau franc dans la peau d'un vieux Hibou.

ADIS.

Je suis gay, tendre, complaisant; je ne songerai qu'à faire le bonheur d'une femme.

BANOU, *à sa fille.*

Hé-bien, ne voilà-t-il pas un homme adorable ?

AMINE.

C'est, mon Pére, le plus ragoûtant de tous les Vieillards que vous m'ayez fait voir, & celui que je trouve le plus à mon gré.

ARLEQUIN, *sautant.*

Bon. Cela commence bien.

ADIS.

Ah! ma Pouponne, seroit-il possible que je ne vous parûsse pas desagréable ?

AMINE.

Tout au contraire, vous me plaisez infiniment.

BANOU, *bas à Arlequin.*

Elle mord à la grappe.

ARLEQUIN, *à Amine.*

Courage, ma Poulette!

(*regardant Adis.*)

Il me semble que mon Maître est déja plus droit qu'il n'étoit.

ADIS, *à Amine.*

Achevez de me rendre le plus fortuné de tous les hommes.

AMINE.

J'y consens, si la possession d'Amine a dequoi vous rendre heureux.

ARLEQUIN, *s'aprochant d'Adis.*

Voyons. Comment vous trouvez-vous ?

ADIS.

Toujours le même.

ARLEQUIN, *à Amine.*

Allons donc, passionnez-vous bien.

AMINE, *à Adis.*

Mon cœur est pénétré de tous les sentimens que vous pouvez souhaiter.

ARLEQUIN, *à Adis.*

Pour le coup, cela va venir.

ADIS, *branlant la tête.*

Il n'y a pas d'apparence.

ARLEQUIN, *à Amine.*

Oh! ma fille, votre cœur ne fait pas les choses en conscience.

ADIS.

Non. Je m'aperçois avec douleur que je ne suis pas de son goût.

AMYNE.

Pardonnez-moi, Seigneur.

ARLEQUIN.

Point, point. Vousvoulez nous emboiser.

AMINE.

Ah! je vous proteste....

ARLEQUIN.

Hé! allons donc. On sait cela mieux que vous.

(*Montrant Adis.*)

Tenez. Regardez-le plutôt.

BANOU.

Si elle ne l'aime pas encore fortement, cela viendra. Le mariage améne.....

ARLEQUIN, *l'interompant.*

Oüi. Le mariage améne des cornes.

ADIS, *à Banou.*

Il a raison. Je veux être sûr de mon fait. Et je suis votre serviteur.

BANOU.

Elle ne vous plaît point. Il falloit le dire d'abord.

ADIS.

Allez chercher des Barbons plus crédules.

ARLEQUIN.

Allez frapper à une autre porte.

BANOU, *s'en allant.*

Il y a des Vieillards de reste ; ma Fille ne manquera point de mari.

SCENE XII.

ADIS, ARLEQUIN.

ARLEQUIN.

Franchement, j'y aurois été attrapé.

ADIS.

J'ai du moins, dans mon malheur, la consolation de ne pouvoir être trompé par les femmes. C'est un avantage que j'ai sur bien des Vieillards.

ARLEQUIN.

Et sur bien des Jeunes-gens, qui s'en rapportent à leur bonne mine.

ADIS.

Voici une autre Beauté.

SCENE XIII.

ADIS, ARLEQUIN, MULKARA, NOUR.

MULKARA, *à Arlequin.*

C'est apparemment là le Vieillard en question ?

ARLEQUIN.

C'est lui-même.

MULKARA, *à Adis.*

Seigneur, j'ai l'honneur de vous présenter ma Fille. Je ne la crois pas indigne de votre choix. Regardez-moi cela.

ADIS.

Elle est fort aimable.

NOUR, *faisant la révérence.*

Rien n'est plus obligeant. Voilà un Seigneur bien agréable !

ADIS.

Il est assez nouveau qu'un homme fait comme moi prévienne d'abord en sa faveur.

MULKARA.

Oh ! ne vous en étonnez pas. Comme j'ai toûjours eu en vûë de donner ma Fille à un Vieillard, j'ai élevé Nour parmi la plus pétulante jeunesse de la Ville.

ARLEQUIN.

Voilà une bonne école !

ADIS.

La méthode est singuliére.

MULKARA.

Et très-excellente. Une Agnès, qui aura toûjours été renfermée dans une bouteille, fera plutôt une folie, qu'une fille lâchée aux Galands dès la Lisiére.

ARLEQUIN.

C'est pourtant en allant aux bois qu'on est mangé des Loups.

MULKARA.

J'ai voulu que la mienne fréquentât tous les jeunes Etourdis. Pourquoi ? Pour lui faire par elle-même toucher au doigt leurs défauts ; Car une Fille ne les sent point dans la bouche d'une Mére.

ARLEQUIN, *à Nour.*

Vous avez donc vû bien des Etourdis, ma Mignonne ?

NOUR.

Tant & tant, que j'en suis dégoûtée.

MULKARA, *à Adis.*

L'entendez-vous ?

NOUR.

En effet. Qu'est-ce qu'un Jeune-homme ? Un volage ; un dissipateur, un Narcisse qui n'aime que lui.

MULKARA, *à Adis.*

Hé-bien ?

ADIS.

Elle a raison.

ARLEQUIN.

L'Enfant dit vrai.

NOUR.

Parlez-moi d'un Vieillard. C'est un homme solide, bon ménager, & qui guéri de l'amour propre, se donne tout entier à l'objet aimé.

MULKARA, *à Adis.*

Je ne la souffle pas, comme vous voyez.

ARLEQUIN.

Vive la bonne éducation !

ADIS.

Si vos sentimens s'accordent avec vos discours, j'en tire pour moi un bon augure.

NOUR.

Pour vous, Seigneur ! On seroit bien charmée de vous plaire autant que vous plaisez.

ARLEQUIN, *ému, à Adis.*

Réjouissez-vous ! Nous avons enfin trouvé le Phénix.

ADIS.

Ma Reine, cet aveu m'enchante ! Mais dois-je me livrer à ce qu'il a de flateur ?

NOUR, *soupirant.*

Ahi !

MULKARA.

Vous soupirez, petite Fille ! Je vois bien que vous en tenez.

NOUR.

Ma chere Mére, trouveriez-vous à redire aux tendres mouvemens que j'ose laisser échapper ?

MULKARA.

Au contraire, mon Enfant. Que ma présence ne vous gêne point ; débondez votre cœur.

ARLEQUIN, *à part, se frottant les mains.*

Cela va tout seul.

NOUR, *s'approchant d'Adis.*

Ah ! Seigneur, puisqu'une Mére veut bien que je m'explique librement, je vous avoüerai que je sens pour vous ce que je n'ai jamais senti pour aucun homme.

Arlequin, pendant que Nour parle, tourne autour d'Adis, l'examine & le tâte.

ADIS.

Quoi, malgré mes rides & ma décrépitude....

NOUR.

Vous avez une gaïeté qui les fait disparoître : Un air de propreté, un certain je ne sais quoi répandu dans toute votre personne fait oublier votre âge.

ARLEQUIN, *à part.*

Oüais ! rien ne vient encore ! Elle a peut-être vingt ans passez.

MULKARA, *à Arlequin.*

Elle n'en a pas encore dix-huit.

NOUR, *caressant Adis.*

Mon cher Papa, que je vous aime déja ! Que j'ai d'impatience d'être votre femme !

ARLEQUIN, *à Adis.*

Oh ! après cela, vous devez sentir du changement.

ADIS, *ému.*

Hé, mais... Regarde-moi. Il me semble que... je commence.... à prendre....

ARLEQUIN, *aussi ému, & lui touchant la barbe.*

Oüi, vraîment... Tenez... votre barbe branle. Vivat ?... Mais pas encore. (*à Nour.*) Continuez, continuez.

NOUR, *baisant la main d'Adis.*

Le plus heureux moment de ma vie sera celui qui me jettera dans vos bras.

Elle contrefait la pâmée, & s'appuye sur sa Mére.

Je n'en puis plus! La passion me coupe la parole!

ARLEQUIN, *la secourant.*

Elle se pâme, ma foi.

(retournant la tête du côté d'Adis.)

Hé bien? qu'attendez-vous donc pour changer de figure?

ADIS.

Eh! le benais! Ne vois-tu pas qu'elle contrefait la Fille passionnée?

ARLEQUIN.

Effectivement, vous êtes toûjours dans le même état. Il y a encore du manége là-dedans.

NOUR *à Adis, continuant.*

Mon desordre vous parle pour moi.

ARLEQUIN, *à Nour.*

Tirez, tirez. Vous n'êtes qu'une menteuse.

ADIS.

A d'autres. Je sais ce que je dois penser de vous.

MULKARA, *à Adis.*

Comment donc ? La tendresse que ma Fille vous témoigne vous est suspecte !

ARLEQUIN, *montrant Adis.*

Allez, allez. Nous avons la pierre de touche.

MULKARA, *sévérement.*

Que voulez-vous dire, mon ami, avec votre pierre de touche ?

ARLEQUIN.

Que vous êtes deux Drôlesses, qui...

MULKARA, *en colére.*

Des Drôlesses ! Mort de ma vie ! Vous êtes un Insolent, & votre Maître un vieux fou. Des Drôlesses !

à Nour.

Allons, ma Fille, laissons-là ce vilain

Chassieux : Aussibien m'a-t-il l'air de vivre plus long-temps que tu ne voudrois.

Arlequin rit, & fait les cornes à Mulkara ; qui lui donne des coups de pied. Arlequin la reconduit ensuite à coups de batte.

SCENE XIV.

ADIS, ARLEQUIN.

ARLEQUIN.

Voyez-vous ce que l'interêt fait dire aux filles ?

ADIS.

Si je ne plais pas à Cadige, elle est du moins plus sincére que les autres.

ARLEQUIN.

Oüi ; mais sa sincérité ne nous guérit de rien. Il nous faudroit une de ces filles tendres, qui, au seul nom d'homme, prennent feu comme une allumette.

ADIS.

J'en desespere.

SCENE XV.

ADIS, ARLEQUIN, CADIGE, SUTLUMEMÉ.

SUTLUMEMÉ.

Seigneur, voici la jeune Cadige. L'ai-je parée à votre gré ?

ADIS.

Je suis content de votre adresse. Qu'on nous laisse seuls.

(*Arlequin & Sutlumemé se retirent.*)

SCENE XVI.

ADIS, CADIGE.

ADIS.

Ho-çà. Cadige. Estes-vous bien-aise d'avoir de si beaux habits ?

CADIGE.

Oüi, je vous assûre ; & je serai ravie qu'Adis me voye brave comme je suis.

ADIS.

Vous n'avez pas besoin de cela pour paroître belle à ses yeux.

CADIGE.

Et vous ne savez pas encore s'il m'aimera. Il ne m'a jamais vûë.

ADIS.

Pardonnez-moi, il vous a vûë.

CADIGE.

Je ne le crois pas. Je m'en serois bien aperçûë. J'ai toûjours eu les yeux sur lui, & il n'a pas regardé une seule fois de mon côté.

ADIS.

Il vous a vûë depuis ce temps-là, sans que vous le sachiez.

CADIGE.

Oüidà ? Et il vous a parlé de moi ?

ADIS.

Il a conçu pour vous une passion violente. C'est ce qui m'a obligé à vous l'offrir pour mari.

CADIGE.

CADIGE.

Mais pourquoi l'avez vous envoyé à ce voyage ?

ADIS.

Je n'ai pû m'en dispenser.

CADIGE.

Ne m'avez-vous pas dit qu'il reviendroit bientôt ?

ADIS, *laissant échapper un soupir.*

Hélas !

CADIGE.

Vous m'avez trompée, n'est-ce-pas ? Il sera long-tems à revenir.

ADIS.

Il ne tiendroit qu'à vous, ma chere Enfant, de hâter son retour.

CADIGE.

Que faut-il faire pour cela ?

ADIS.

M'aimer.

CADIGE.

Oh ! Je ne veux point d'autre amoureux qu'Adis.

ADIS.

En m'aimant, vous n'aimerez que lui.

CADIGE.

Je ne comprens rien à ce que vous dites.

ADIS.

Je vais m'expliquer plus clairement. Cansou qui est un grand Magicien, a, sur un faux rapport, changé son Esclave Adis en Vieillard; Et ce Vieillard, belle Cadige, est celui qui vous parle.

CADIGE.

Quelle menterie!

ADIS.

Je ne vous en fais point acroire. Il y a plus d'un témoin de ma métamorphose.

CADIGE.

Ah! que j'en suis fâchée!

ADIS.

Mais il y a du reméde à cela. Cansou a fait son enchantement de maniére, qu'il finira dès que je pourrai trouver une jeune fille qui prenne de l'amour pour moi.

CADIGE.

C'eſt donc pourquoi vous faites venir chez vous tant de filles ?

ADIS.

Eh ! oüi, ma Mignonne ! Et je n'en aurois pas beſoin d'autres, ſi vous vouliez ſentir un inſtant quelque tendreſſe pour moi. Vous verriez à la place de ce Vieillard qui vous paroît hideux, ce jeune Adis que vous aimez tant.

CADIGE.

Sur ce pié-là, je crains fort que vous ne changiez jamais de figure.

ADIS.

Que votre imagination frappée des traits du bel Adis, & l'envie de le revoir, trompent un inſtant vos yeux. Penſez fortement que ma Vieilleſſe n'eſt qu'une Jeuneſſe enchantée.

CADIGE.

Tenez. Je n'entends rien à toutes ces raiſons-là. Je ne ſaurois faire ce que vous demandez.

ADIS, *pleurant.*

Je ſuis au deſeſpoir !

CADIGE, *attendrie.*

Attendez. Ne pleurez pas. Je me sens....

ADIS, *avec émotion.*

Que dites-vous ?

CADIGE.

Je me sens toute je ne sais comment de vous voir affligé.

ADIS.

Eh ! vous n'avez que de la compassion ?

CADIGE.

Est-ce que cela n'est pas assez pour vous rendre votre jeunesse ?

ADIS.

Non. Il faudroit de l'amour.

CADIGE.

Oh, dame ! Il faudroit, il faudroit. Vous voulez que je vous aime, pour vous rendre jeune ; & il faudroit que vous fussiez jeune, pour que je vous aimasse.

ADIS.

Est-ce là toute la consolation que vous me donnez ?

CADIGE.

C'est tout ce que je puis faire pour vous.

ADIS.

Ah ! cruelle Cadige !

CADIGE.

Pourquoi me grondez-vous ? Est-ce ma faute ?

ADIS.

Non. Je ne dois me plaindre que de mon étoile.

CADIGE.

Prenez patience. Vous rencontrerez peut-être quelque fille qui ne prendra pas garde à votre mine.

ADIS.

Je vois bien que je ne la trouverai pas dans cette Ville ; puisque j'en ai déja vû mille, sans en être plus avancé. Je suis tenté d'aller dans ma patrie, sur la foi d'un songe, qui ne me paroît pas sans mystére.

CADIGE.

Quel songe ?

ADIS.

Je me suis tantôt assoupi un moment ; & j'ai crû voir Cansou qui m'a dit : *Adis, embarque-toi pour Ceylan ; tu trouveras la fin de tes malheurs.*

CADIGE.

Il n'y faut pas manquer.

ADIS.

Je compte, aimable Cadige, que vous voudrez bien m'accompagner dans mon voyage.

CADIGE.

Oh, que nenni !

ADIS.

Songez à l'interêt que vous y avez.

CADIGE.

Vous n'avez qu'à partir tout seul.

ADIS.

Vous refusez donc de venir avec moi ?

CADIGE.

Oüi.

ADIS.

Pensez-y-bien.

CADIGE.

J'y ai tout pensé.

ADIS.

Ho bien, vous vous en repentirez.

CADIGE.

Bon, bon !

ADIS.

J'irai à Sumatra.

CADIGE.

Allez-y.

ADIS.

Les filles y sont toutes jolies.

CADIGE.

Tant-mieux.

ADIS.

Et naturellement très-amoureuses.

CADIGE.

Qu'est-ce que cela me fait ?

ADIS.

J'en trouverai quelqu'une qui m'aimera.

CADIGE.

A la bonne heure.

ADIS.

Je redeviendrai le jeune Adis.

CADIGE, *émuë.*

Hé-bien ?

ADIS.

Hé-bien, je la remercierai de m'avoir ôté ma vieilleſſe.

CADIGE.

Et puis après ?

ADIS.

Je l'épouſerai par reconnoiſſance.

CADIGE.

Oh ! je veux m'en aller avec vous !

ADIS.

Je ſuis au comble de ma joye ! Adorable Cadige, votre préſence ſoûtiendra mon courage ; & me donnera cet air content qui m'eſt ſi neceſſaire dans mon entrepriſe.

SCENE XVII.

ADIS, CADIGE, ARLEQUIN.

ARLEQUIN.

Allons, Seigneur Adis, allons gay! La fête que vous avez ordonnée est toute prête. Vos Esclaves n'attendent que l'ordre pour se mettre en train.

ADIS.

Fai-les entrer. Et va voir sur le port s'il partira bientôt quelque Vaisseau pour l'Isle de Ceylan.

ARLEQUIN.

Eh! vraîment, celui qui m'a apporté ici doit cette nuit remettre à la voile pour ce païs-là.

CADIGE.

Il faut profiter de l'occasion.

ADIS.

Après la fête, je ferai tout préparer pour notre embarquement.

SCENE XVIII.

ADIS, CADIGE, ARLEQUIN. Troupe de Danseurs & de Musiciens.

Il se fait une Danse coupée par les Airs suivans.

Une MUSICIENNE, *à Cadige.*

AIR, 143. (*de Mr. Mouret.*)

Aimez, innocente Bergére,
Laissez enflammer votre cœur ;
Vous verrez dans votre Vainqueur
L'image qui vous est si chére.
L'amour peut dans un moment
Embellir la laideur même ;
Quel que soit l'objet qu'on aime,
On le trouve tout charmant.
Aimez, innocente Bergére,
Laissez enflammer votre cœur ;
Vous verrez dans votre Vainqueur
L'image qui vous est si chére.

On recommence à danser. Après quoi on chante les deux Couplets qui suivent.

Un MUSICIEN.

AIR, 144. (*De Mr. Mouret.*)

La Cour de Cythére
D'un air débonnaire

Reçoit un Vieillard ;
Il peut encore plaire,
Quand il est gaillard.

Une voix tremblante,
Pourvû qu'elle chante,
Plaît au Dieu badin ;
Il ne s'épouvante
Que du noir chagrin.

ARLEQUIN, *à Cadige.*

AIR 145. (*De Mr. Mouret.*)

Adis a reçu, mon Aimable ;
Un fond d'amour de vos attraits ;
Je ne sais quand le pauvre Diable
Pourra payer les interêts :
Mais dans le cours de nos voyages,
S'il trouve fille quelque jour
Qu'il puisse enflammer à son tour,
Je vous réponds des arrérages.

On reprend la Danse qui finit l'Acte.

Fin du second Acte.

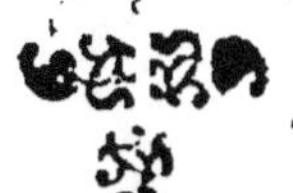

ACTEURS
du troisiéme Acte.

'ADIS.

CADIGE.

ARLEQUIN.

SUTLUMEMÉ.

SCHEHERBANOU, Reine de l'Isle des Vieillards.

Le PRINCE.	}	Petits-Enfans de la Reine, âgez de 14. à 15. ans.
La PRINCESSE.		

SINDBAD.	}	Officiers de la Reine.
MOKBEC.		

GARDES, de la Reine.

Un FINANCIER.

Une MARCHANDE de pommade, vieille femme.

NESTORIO, Comédien.

PEUPLES.

CANSOU.

Troupe de GE'NIES & de GINES.

ACTE III.

LE Theâtre représente un Isle. L'Orchestre jouë une Tempête, pendant laquelle on voit un Vaisseau qui lutte contre les flots, & qui porte Adis, Cadige, Arlequin & Sutlumemé. Il font tous de grands cris. Ensuite le Vaisseau disparoît. Un moment après viennent...

SCENE PREMIERE.

ADIS, CADIGE, ARLEQUIN, SUTLUMEME.

ARLEQUIN.

Ah ! Maudite Tempête ! Dans quelle Isle nous as-tu jettez ?

ADIS.

O songe trompeur !

ARLEQUIN.

O Ceylan, ma chere patrie ! Je n'espére plus vous revoir.

CADIGE.

Hélas ! Où sommes-nous ?

ARLEQUIN.

Je n'en sais rien ; mais j'ai grand' peur que nous ne soyons dans un mauvais païs. Le cœur ne me dit rien de bon.

CADIGE, *à Adis.*

C'est vous aussi qui en êtes cause. C'est vous, vilain Vieillard qui nous portez malheur.

ADIS.

Belle Cadige, n'augmentez point mon chagrin.

CADIGE.

Je me soucie bien de votre chagrin.

ADIS.

Je suis assez mortifié de vous voir exposée....

CADIGE.

Taisez-vous. J'ai été bien sotte de croire tout ce que vous m'avez dit.

ARLEQUIN.

Hoïmé ! Voici des gens qui viennent à nous !

SUTLUMEME'

Le Ciel nous garde d'accident.

SCENE II.

ADIS, CADIGE, ARLEQUIN, SUTLUMEME', SINDBAD, MOKBEC.

SINDBAD, *tout ésoufflé.*

Les voilà ! Les voilà !

ARLEQUIN, *se retirant en arriére avec Adis & Cadige.*

Quelles phisionomies !

MOKBEC, *arrêtant par un bras Sutlumemé, qui veut se sauver.*

La bonne aubeine !

SINDBAD, *la saisissant par l'autre bras.*

C'est pour moi.

MOKBEC.

J'ai mis le premier la main dessus.

(Ils la tiraillent.)

SUTLUMEME.

Eh ! mes Seigneurs, laissez-moi.

SINDBAD, *à Mokbec.*

Céde-la-moi de bonne grace.

MOKBEC.

J'en prétends faire ma Favorite.

SINDBAD.

Veux-tu la lâcher ?

MOKBEC.

Je n'en ferai rien.

SINDBAD, *frappant Mokbec.*

Nous allons voir. Tien.

MOKBEC.

Ah ! double chien !

Ils se battent en se disant beaucoup d'injures. Sutlumemé, qu'ils ont lâchée, profite de ce moment pour prendre la fuite.

SINDBAD, *s'arrêtant.*

Elle fuit ! Elle nous échappe !

(*Ils courent tous deux après elle.*)

SCENE III.

ADIS, CADIGE, ARLEQUIN.

ARLEQUIN.

Les Enragez !

CADIGE.

Ouf ! Je n'en puis plus !

ADIS.

Je suis au desespoir !

ARLEQUIN.

Il faut qu'il n'y ait point de femmes dans ce païs-ci.

ADIS.

C'est ce que j'appréhende.

ARLEQUIN.

Vous voilà bien tombé pour faire vos épreuves.

CADIGE.

Que vais-je devenir ?

ARLEQUIN.

Il n'est pas difficile de le deviner ; on peut juger de la piéce par l'échantillon.

ADIS.

Tout mon ſang ſe glace.

ARLEQUIN, *à Cadige.*

Vous voyez bien comme il ſe ſont jettez ſur cette vieille Carcaſſe....

CADIGE.

O Ciel!

ARLEQUIN.

Je vous laiſſe à penſer ce qu'ils feront, quand ils auront jetté les yeux ſur un petit Tendron comme vous.

CADIGE.

Je ſuis perduë!

ADIS.

Qu'allons nous faire, Arlequin?

ARLEQUIN.

Sauvons-nous de ce côté-ci.

ADIS.

Oüi. Allons vîte chercher quelque endroit, où....

ARLEQUIN.

Ah, ventrebleu ! Je les vois qui reviennent !

Adis cache du mieux qu'il peut Cadige sous sa robe.

SCENE IV.

ADIS, CADIGE, ARLEQUIN, SINDBAD, SUTLUMEME', deux GARDES.

SINDBAD, *tenant Sutlumemé par la main.*

J'en suis pourtant demeuré maître.

à Adis.

Pardon, venerable Seigneur, si je ne vous ai pas plutôt rendu les profonds respects qui vous sont dûs.

Appercevant quelque chose sous la robe d'Adis, & y portant la main.

Mais qu'est-ce que j'apperçois-là ?

ARLEQUIN, *lui repoussant le bras.*

Ce n'est rien. C'est la doublure de sa robe.

SINDBAD, *levant la robe d'Adis.*

Eh ! c'est une femme !

CADIGE, *poussant un cri.*

Ah !

ADIS.

Je suis desesperé !

ARLEQUIN.

Nous voilà tondus.

SINDBAD, *à Adis avec un ris moqueur.*

Le beau trésor que vous cachez-là !

à Cadige.

Vous êtes bien habillée, ma Mie, pour une jeune Laldron.

à un des Gardes.

Hola - hée ! Mouk ! Pren - moi cette Créature-là. Qu'on la méne dans mon Sérail, pour servir cette divine Beauté que je viens d'arracher à Mokbec.

Le Garde se saisit de Cadige.

CADIGE, *pleurant.*

A l'aide ! Adis ! Arlequin !

ADIS, *voulant la secourir.*

Barbare ! que faites-vous . . . !

SINDBAD, *retenant Adis.*

Hé, fi ! (*au Garde.*) Obéïssez, Mouk.

(*Le Garde entraîne Cadige. Sutlumemé les suit.*)

SCENE V.

ADIS, ARLEQUIN, SINDBAD, un GARDE.

ADIS, *à Sindbad.*

Otez-moi plutôt la vie que cette jeune personne.

SINDBAD.

Vous n'y pensez pas ! Faut-il que vous fassiez paroître tant de douleur pour une petite Malheureuse ?

ADIS, *lui mettant le poing sous le nez.*

Bourreau !

ARLEQUIN, *à part.*

Quelles diables de gens !

SINDBAD.

Prenez des sentimens plus dignes de vous. Ne songez qu'à plaire à notre grande Reine Scheherbanou, devant qui je vais vous conduire.

ADIS.

Vous êtes un Impertinent.

SINDBAD.

Il est vrai; j'ai manqué à mon devoir. J'aurois dû vous donner d'abord toute mon attention : Mais excusez l'amour violent que j'ai conçu pour cette belle Dame qui étoit avec vous.

ARLEQUIN *à part.*

Il se divertit assûrément.

SINDBAD.

Souffrez que je vous méne au Palais de notre auguste Maîtresse. Elle sera charmée de vous voir. Il n'y a point de Vieillard dans son Sérail que vous n'effaciez.

ADIS.

Je suis las de ces sots discours.

ARLEQUIN.

Effectivement, c'est se moquer.

SINDBAD.

Vous êtes trop modeste. Je vais malgré-vous faire votre bonheur.

(Il l'emméne de force.)

ADIS.

O Ciel ! Quelle violence !

SCENE VI.

ARLEQUIN, un GARDE.

ARLEQUIN, *voulant suivre Adis.*

Quelle indignité ! Traiter ainsi un pauvre Vieillard !

Le GARDE, *le retenant.*

C'est pour son bien. Il va devenir le Mignon de la Reine. Et vous, mon ami, n'appartenez-vous pas à cet illustre Etranger ?

ARLEQUIN.

Oüi, je suis son Confident. Qu'en voulez-vous dire ?

Le GARDE, *mettant un genou en terre.*

Cela étant, Seigneur, je vous demande votre protection.

ARLEQUIN.

A moi le dé.

Le GARDE.

Vous allez avoir à la Cour un credit sans bornes.

ARLEQUIN.

Mais finirons-nous bientôt cette Comedie ?

Le GARDE.

Je ne plaisante point.

ARLEQUIN.

Apprenez, Monsieur le Garde, que mon Maître & moi nous ne sommes point des Grues.

Le GARDE.

Vous ne savez donc pas que vous êtes dans l'Isle des Vieillards ?

ARLEQUIN.

Ma foi, non.

Le GARDE.

C'est ce qu'il me semble. Il me paroît même que vous ignorez nos mœurs & nos coûtumes.

ARLEQUIN.

ARLEQUIN.

Parfaitement. Ce païs m'eſt tout-à-fait inconnu.

Le GARDE.

Apprenez donc qu'ici la Vieilleſſe eſt le plus bel âge de la vie, & qu'on y regarde la Jeuneſſe avec horreur.

ARLEQUIN, *riant.*

Ha, ha, ha, ha ! Voici bien le meilleur ! Vous verrez que ce qu'on a dit à mon Maître eſt ſerieux.

Le GARDE.

Très-ſerieux.

ARLEQUIN.

Oüidà ? Oh ! cela change bien la théſe !

Le GARDE.

Je vous conjure de me rendre un ſervice.

ARLEQUIN.

Dequoi s'agit-il ?

Le GARDE.

Je voudrois obtenir la premiere Lieutenance vacante dans les Gardes de la Reine.

ARLEQUIN.

Je vous la promets.

Le GARDE.

En attendant de plus solides marques de ma reconnoissance, acceptez, s'il vous plaît, ce diamant.

ARLEQUIN.

Allez. Je ferai votre affaire (*à part.*) Le drôle de Païs.

SCENE VII.

ARLEQUIN *seul, mettant le diamant à son doigt.*

Il ne m'est plus permis d'en douter; j'en ai la preuve en main. Qui diantre eut jamais deviné que je ferois un jour ma fortune par le canal d'un vieil Adonis?

SCENE VIII.

ARLEQUIN, un FINANCIER.

Le FINANCIER.

Seigneur, recevez mes très-humbles respects.

ARLEQUIN.

Bon-jour, mon ami.

Le FINANCIER.

J'apprends avec plaisir que vous êtes l'homme de confiance de ce beau Vieillard qu'on méne à la Reine.

ARLEQUIN.

Cela est vrai.

Le FINANCIER.

Comme votre Maître va devenir infailliblement le Favori de sa Majesté, je ne puis mieux m'adresser qu'à vous pour réüssir dans un dessein que je médite.

ARLEQUIN.

Expliquez-vous. (*à part.*) Cela sent le diamant.

Le FINANCIER.

Je suis Financier. Et je voudrois avoir la préférence pour le bail d'une Ferme qu'on va renouveller.

ARLEQUIN.

Qu'est-ce que c'est.

Le FINANCIER.

C'est la Ferme générale des Lunettes.

ARLEQUIN, *riant.*

Hé, hé, hé, hé, hé ! La Ferme générales des Lunettes !

Le FINANCIER.

Oüi, des Lunettes. Comment ? C'est la Ferme la plus considérable de l'Etat.

ARLEQUIN.

Ho-ho !

Le FINANCIER.

La Reine a depuis peu par une Déclaration réüni à ladite Ferme celle des Béquilles & des Cannes à bec de corbin.

ARLEQUIN.

Malepeste ! Il faut donc que cette Isle soit abondante en Vieillards.

Le FINANCIER.

Le moyen qu'il n'y en ait pas un grand nombre ? Tout le monde y parvient à une extréme vieillesse. On y vit communément deux cents cinquante, trois cens ans.

ARLEQUIN.

Bon Païs, ma foi! Il faut que vous ayez d'habiles Medecins.

Le FINANCIER.

Des Medecins! Le Ciel nous en préserve.

ARLEQUIN.

Pourquoi donc?

Le FINANCIER.

Il y a quelques années qu'il en vint un de France s'établir dans notre Isle. Ce Docteur en moins de six mois expédia quarante mille habitans.

ARLEQUIN.

Miséricorde!

Le FINANCIER.

On fut obligé de l'assommer pour sauver tout le reste.

ARLEQUIN.

Je crois que cette année-là le Fermier des Lunettes ne gagna pas beaucoup.

Le FINANCIER.

En effet, cela lui fit grand tort. Je demande donc la Ferme des Lunettes ; & si vous me la faites adjuger, je vous ferai présent de dix mille Roupies.

ARLEQUIN.

Des Roupies !

Le FINANCIER.

C'est la Monnoye du Païs.

ARLEQUIN.

Oüi. Elle est marquée au coin du nez.

Le FINANCIER, *tirant sa bourse.*

Vous ne m'entendez pas. Ce sont de bonnes Espéces. Tenez. En voilà.

ARLEQUIN.

Bon pour ces Roupies-là.

Le FINANCIER.

Il y en a deux cents dans cette bourse, que je vous prie de recevoir à compte.

ARLEQUIN.

Volontiers. Et je vous promets la Ferme.

SCENE IX.

ARLEQUIN, *seul.*

Cela ne vas pas mal. O Fortune ! Que tu ès bizarre ! Si l'homme n'est pas sage de compter sur toi, quand tu lui fais bonne mine, il est encore plus fou de se desespérer, quand tu lui tournes le dos.

SCENE X.

ARLEQUIN, une vieille MARCHANDE de Pommade & d'Essence, *tenant un panier où sont des petits pots & des phioles.*

La MARCHANDE, *criant.*

Essence de Beauté ! Pommade de Vieillesse !

ARLEQUIN.

Hée ! La femme ! Avancez. Quelle marchandise criez-vous là ?

La MARCHANDE.

Des drogues sans pareilles pour embellir le visage.

ARLEQUIN.

Ho-ho! Et peuvent-elles embellir un Vieillard ?

La MARCHANDE.

Sans doute.

ARLEQUIN, *à part.*

Il faut que j'en achette pour mon Maître.

La MARCHANDE.

Vous ne sauriez croire les merveilleux effets que produit ma Pommade. Elle fait en moins de huit jours d'un objet effroïable un miracle d'amour & de beauté.

ARLEQUIN, *à part.*

Voici justement notre affaire.

La MARCHANDE.

Elle donne un vernis de décrépitude à un Barbon qui a encore quelques restes de fraîcheur.

ARLEQUIN, *tonné.*

Que dites vous ?

La MARCHANDE.

Mais ce qu'elle a de plus admirable, c'est

qu'en deux fois vingt-quatre heures elle va métamorphoser un Jeune-homme en Vieillard, en gravant sur son front uni de belles & profondes rides.

ARL'EQUIN, *à part.*

Ce n'est pas là ce que je croyois.

La MARCHANDE.

Mon Essence achéve l'ouvrage. On s'en frotte le matin les yeux & le menton. Vous voyez de moment en moment blanchir sa barbe & les sourcils, & le contour des yeux prend la couleur du corail.

ARLEQUIN.

La peste te créve avec tes chiennes de drogues!

La MARCHANDE.

Vous croyez peut-être que je cherche à vous dupper; mais je ne veux point de votre argent, que je ne vous aye rendu comme un homme de cent ans.

ARLEQUIN.

Oh! Je vous remercie de votre secret. Quand je voudrai devenir vieux, Cansou m'épargnera cette emplette.

La MARCHANDE.

Souffrez que je vous mette seulement une couche de pommade.

(Elle le barboüille de sa pommade.)

ARLEQUIN, *la repoussant, & s'essuyant.*

Que faites-vous ? Arrêtez-vous donc. Mais, mais voyez un peu cette Carogne-là.

La MARCHANDE, *lui mettant de l'essence au menton.*

Laissez-moi faire. Deux gouttes d'Essence vont....

ARLEQUIN, *s'essuyant.*

Ah! vieille Guenon! Va-t'en à tous les diables.

Il la chasse à coups de batte. La Marchande s'enfuit en lui disant des injures.

SCENE XI.

ARLEQUIN, *seul.*

Malheureux que je suis! N'ai-je point déja des rides & la barbe blanche?

Il se tâte le front & le menton avec inquiétude.

Mais non. Les drogues n'ont pas eu le tems de faire leur effet, ni d'effacer les lis & les roses de mon tein.

SCENE XII.

ARLEQUIN, NESTORIO Comédien.

NESTORIO, *à part.*

Au portrait qu'on m'en a fait, voilà mon homme.

ARLEQUIN, *à part.*

Quel personage s'avance ? Il a l'air original.

NESTORIO.

Seigneur, la faveur qui vous attend à la Cour m'oblige à vous venir faire la révérence.

ARLEQUIN.

Il est vrai que nous allons y avoir un peu de crédit.

NESTORIO.

Vous voyez un Jeune-homme de soixante ans qui sort du Collége.

ARLEQUIN.

Peste ! voilà une Isle où l'on fait étudier les Enfans de bonne heure.

NESTORIO.

Comme je me sens du talent pour le Theâtre, je voudrois bien entrer dans la Troupe des Comédiens de la Reine.

ARLEQUIN.

Qui vous en empêche ?

NESTORIO.

Mon âge. On me trouve trop jeune pour me recevoir.

ARLEQUIN.

Trop jeune à soixante ans !

NESTORIO.

Il faut en avoir du moins soixante-dix.

ARLEQUIN.

Vous êtes encore éloigné de votre compte.

NESTORIO.

Eh ! oüi. C'est pour cela que j'implore votre protection.

ARLEQUIN.

Que diable voulez-vous que j'y fasse ?

NESTORIO.

Si vous vouliez avoir la bonté de demander à la Reine que, sans avoir égard à ma jeunesse, ...

ARLEQUIN.

Je vous entends. Vous souhaitez que j'obtienne pour vous une dispense d'âge.

NESTORIO.

Justement. Que je vous en aurai d'obligation !

ARLEQUIN.

Plaît-il ?

NESTORIO.

Je publierai partout votre générosité.

ARLEQUIN.

Je suis un peu sourd ; parlez-moi d'un ton plus intelligible.

NESTORIO, *haussant la voix.*

Ma reconnoissance durera autant que ma vie.

ARLEQUIN.

Je n'entends pas bien encore.

NESTORIO, *criant de toutes ses forces.*

Je vous dis que je ferai très-sensible....

ARLEQUIN.

Hé! vous vous tuez inutilement à me parler comme vous faites. Parlez-moi plutôt par signes.

(*Il fait l'action de compter de l'argent.*)

NESTORIO.

C'est-à-dire qu'il vous faut un présent.

ARLEQUIN.

Vous l'avez deviné. Pour un millier de Roupies je vous ferai Empereur Romain.

NESTORIO.

Pour de l'argent comptant, je n'en suis pas trop bien fourni; mais je vous ferai, si vous voulez, tous les ans sur ma part une pension de cinq cents Roupies.

ARLEQUIN.

Mauvaise hypothéque.

NESTORIO.

C'est de l'or en barre ! Dès que l'on me verra dans l'affiche, tout le monde viendra fondre à l'Hôtel par curiosité pour ma jeunesse.

ARLEQUIN.

Cela n'est pas trop sûr.

NESTORIO.

Pardonnez-moi. Et pour piquer encore mieux les Badauts de notre Isle, je ferai mettre toutes les places au double.

ARLEQUIN.

Cela est bel & bon ; mais point de Roupies, point de dispense d'âge.

NESTORIO.

Comment faire donc ?

ARLEQUIN.

Comme il vous plaira. Il me faut la premiere année d'avance.

NESTORIO.

Attendez. Je vais l'emprunter d'un

Petit-maître de mes amis. C'est un homme de cent dix ans, qui est entretenu par une fille de vingt-cinq, qui se ruine pour lui.

ARLEQUIN.

Voilà une Mignonne bien lotie pour son argent ! Adieu. Allez chercher vos Roupies. Vous me trouverez au petit coucher.

SCENE XIII.

ARLEQUIN, *seul.*

Courage ! Mes affaires sont en bon train. Allons vîte rejoindre le nouveau Mignon de la Reine, & mettons soigneusement à profit toutes les minuttes de sa prospérité ; car la faveur de la Cour est couverte d'une peau d'Anguille.

Il fait comme si une Anguille lui glissoit des mains.

Le Theâtre change en cet endroit, & représente l'apartement de la Reine Scheherbanou.

SCENE XIV.

ADIS, SCHEHERBANOU & ſuite.

SCHEHERBANOU.

O merveilleux Vieillard ! C'eſt ſans doute le ſouverain Protecteur de cette Iſle, le vieux Singe que nous adorons, qui vous a conduit ici.

ADIS.

Eh ! Madame, me croyez-vous aſſez inſenſé pour m'imaginer que ma figure vous charme ?

SCHEHERBANOU.

Je n'en ai jamais vû de plus gracieuſe. Ces rides, ce dos courbé, ce tein olivâtre & couvert de poireaux, ces beaux yeux incarnats....

ADIS.

De grace, tréve de railleries. C'eſt trop tourner ma vieilleſſe en ridicule.

SCHEHERBANOU.

Ce diſcours m'étonne. Ne voyez-vous pas bien que je vous parle ſerieuſement ?

ADIS.

Si cela est, il faut que vous soyez de bien mauvais goût, ou que vous ayez perdu l'esprit.

SCHEHERBANOU.

Je vous aime trop, mon Poupart, pour m'offenser de vos petites vivacitez. Vous serez bientôt persuadé de la sincerité de mes sentimens.

ADIS, *à part.*

Cruelle destinée !

SCHEHERBANOU.

Que mes Sujets se disposent à reconnoître pour Roy cet aimable Vieillard ; & que mes Petits-enfans lui apportent eux-mêmes le Sceptre & la Couronne.

ADIS, *à part.*

J'enrage !

L'Orchestre joüe une Marche, pendant laquelle on apporte un petit Trône pour Adis.

SCENE XV.

ADIS, SCHEHERBANOU, le PRINCE, la PRINCESSE, enfans, ARLEQUIN, PEUPLES.

ARLEQUIN, *en entrant.*

Nous voici bien en cour, à ce que vois.

Scheherbanou fait asseoir Adis sur le Trône.

Un INSULAIRE, *chantant.*

AIR 146. (*De Mr. Mouret.*)

Chantons l'Epoux de la Princesse.
Le Barbon dont elle a fait choix,
Est la fleur de la Vieillesse,
Le plus beau de tous les Rois.

CHOEUR.

C'est la fleur de la Vieillesse,
Le plus beau de tous les Rois.

Quatre Viellards forment une Danse. Après laquelle les deux Enfans vont saluer Adis. Le Prince lui présente le Sceptre, & la jeune Princesse lui met la Couronne sur la tête.

La PRINCESSE, *s'écriant.*

Le beau Vieillard! Que je l'aime!

Adis reprend tout-à-coup sa figure de Jeune-homme, & la Princesse fait un autre cri :

Ah ! Qu'il est laid à présent ! Que je le haïs.

(*Elle fuit.*)

LE PRINCE & les PEUPLES, *fuyant.*

Oh ! Quel changement !

SCHEHERBANOU.

Quel prodige !

ARLEQUIN.

Pardi ! voilà justement la fille que nous cherchions ; Et il falloit venir dans l'Isle des Vieillards pour la trouver.

SCENE XVI.

ADIS, SCHEHERBANOU, ARLEQUIN.

ARLEQUIN, *sautant au col d'Adis.*

Mon cher Maître ! Vous voilà donc enfin desenchanté.

SCHEHERBANOU, *en colere.*

C'est un Sorcier ! Tremble, Malheureux ! Prépare-toi aussi-bien que ceux qui t'accompagnent à périr dans les tourmens.

(Elle sort furieuse.)

SCENE XVII.

ADIS, ARLEQUIN.

ARLEQUIN, *saisi de peur.*

Povertto mi !

ADIS.

Ma chére Cadige !

ARLEQUIN.

Nous voilà bien avancez !

ADIS.

N'ai-je donc repris ma forme naturelle que pour vous causer la mort ?

(On entend un grand coup de tonnerre.)

ARLEQUIN, *se laissant tomber d'effroi.*

C'est fait de nous !

SCENE XVIII. & DERNIERE.

ADIS, ARLEQUIN, CANSOU, CADIGE, GENIES & GINES.

CANSOU.

Banni ta frayeur, Adis. Tu vois Cansou, & ta Maitresse.

ADIS, *embrassant Cansou.*

Ah! Seigneur.... Ah! Cadige....

CADIGE.

Eh! voilà Adis!

ARLEQUIN, *sautant au cou de Cansou.*

Soyez le bien venu, Seigneur Sorcier. Vous ne pouviez arriver plus à propos.

CANSOU, *à Adis.*

En entrant dans la Caverne de la Montagne Rouge, j'ai pris un des Livres de Schehabeddin, où il est fait mention de l'Isle des Vieillards. Charmé de cette découverte, je t'ai par un songe fait former le dessein d'aller à Ceylan; Et lorsque je t'ai sû en pleine mer, j'ai suscité une tempête qui a jetté ici ton vaiſſeau, prévoyant ce qui devoit arriver.

ARLEQUIN.

L'habile homme !

CANSOU.

Pour comble de bonheur, je viens de découvrir dans un autre Livre le ſecret de ſortir de la Caverne & d'y rentrer quand il me plaira; Et je me ſuis à l'inſtant rendu ici, pour te tirer moi-même du péril où tu étois.

ADIS, *lui baiſant la main.*

Que ne vous dois-je pas !

CANSOU.

Je vois, mon Fils, avec plaiſir ta paſſion pour Cadige, & la joye qu'elle a de trouver ſon Adis dans le Vieillard qu'elle n'aimoit point.

CADIGE.

Je ne ſuis plus fâchée contre lui de m'avoir amené dans ce païs-ci.

ARLEQUIN, *à Cadige.*

On ne vous trompoit pas, comme vous voyez.

à Cansou.

Mais, Seigneur Cansou, n'avons nous rien à craindre dans ce Palais ?

CANSOU.

Non, vous êtes en sûreté avec moi. Je veux servir de Pére à Cadige, & je l'unis dès ce moment avec Adis. Que mes Génies & mes Gines célebrent cet Hymenée. Après quoi je vous ferai transporter tous trois chez moi, où je prétends passer avec vous le reste de mes jours.

Les Génies & les Gines forment une Danse qui est coupée par les deux Airs suivans.

Un GE'NIE.

AIR 147. (*De Mr. Mouret.*)

C'est quelquefois le malheur même
Qui nous conduit au comble de nos vœux ;
Jamais Adis n'auroit vû ce qu'il aime,
S'il neût pas été malheureux.
C'est quelque fois le malheur même
Qui nous conduit au comble de nos voeux.

Une GINE.

AIR 148. (*De Mr. Mouret.*)

Puissiez-vous tendres Amans,
Joüir d'un bonheur tranquile !

Puissiez-

Puissiez-vous dans vos vieux ans
Avoir le goût de cette Isle !

On reprend la Danse, qui est suivie de ce Vaudeville.

VAUDEVILLE.

AIR 149. (*de Mr. Mouret.*)

PREMIER COUPLET.

Un GENIE.

Vous, qui perdez vos fleurettes
Près d'un objet gracieux,
Venez, Amans à lunettes,
Venez habiter ces lieux ;
Vous y verrez des fillettes
Soupirer pour vos beaux yeux.

CHOEUR.

Vous y verrez &c.

II. COUPLET.

Une GINE.

Beau Narcisse à blonde tresse,
De tes appas juge mieux ;
Des faveurs de ta Maîtresse
Sois un peu moins glorieux ;

Tu les dois à sa foiblesse
Encor plus qu'à tes beaux yeux.

CHOEUR.

Tu les dois &c.

III. Couplet.

Un GE'NIE.

Une fameuse Donzelle
Pique un goût capricieux ;
Le Calotin aime en elle
Certain air licentieux ;
Et s'il court après la Belle,
Ce n'est pas pour ses beaux yeux.

CHOEUR.

Et s'il court &c.

IV. Couplet.

Un GE'NIE.

Certaine Mignonne en France,
Malgré son air précieux,

Reçoit avec complaisance
Le Jeune comme le Vieux ;
Celui-ci pour sa finance,
Et l'autre pour ses beaux yeux.

CHOEUR.

Celui-ci &c.

V. COUPLET.

ARLEQUIN, *à ses Camarades.*

Chers Amis, pour la Marmite
Devenons laborieux ;
Que chacun de nous s'excite
A joüer de mieux en mieux ;
Car si Paris nous visite,
Ce n'est pas pour nos beaux yeux.

CHOEUR.

Car si Paris &c.

VI. COUPLET.

Le MESME, *au Parterre.*

Lorsque, pour vous satisfaire,
Nous joüons de notre mieux ;

(J'en fais un aveu sincére,
Quoiqu'un peu mal gracieux)
Si nous cherchons à vous plaire,
Ce n'est pas pour vos beaux yeux.

CHOEUR.

Si nous cherchons &c.

Fin du troisiéme & dernier Acte.

Bonard del. F. Poilly f.

PROLOGUE

Des deux Piéces ſuivantes.

"Le Dieu du hasard"

Repreſenté à la Foire de S. Laurent 1722. par les Comédiens Italiens de S. A. R. Monſeigneur le Duc d'Orleans, Régent.

ACTEURS.

THALIE.

ARLEQUIN.

PANTALON.

Le DIEU du HAZARD.

La Scene est sur le Mont Parnasse.

PROLOGUE.

LE Theâtre répresente le Mont Parnasse.

SCENE PREMIERE.

THALIE, ARLEQUIN, PANTALON.

THALIE.

Hé-bien, Messieurs les Comédiens Italiens, qui y a-t-il pour votre service ?

ARLEQUIN.

Nous venons implorer votre secours.

PANTALON.

Nous en avons grand besoin.

THALIE.

Dequoi s'agit-il ?

ARLEQUIN.

Vous ſavez qu'il faut des nouveautez à Paris, & ſurtout à la Foire. Nous n'en avons point. Nous venons vous prier comme la Protectrice de notre Theâtre, de nous en donner.

THALIE.

Mes Enfans, je voudrois bien vous faire plaiſir ; mais je ne me mêle plus des Piéces de Theâtre.

ARLEQUIN.

Quel conte !

PANTALON.

Il n'eſt pas poſſible !

THALIE.

Autrefois, je reglois la deſtinée des Ouvrages Dramatiques ; mais, ma foi, depuis quelques années Jupiter en a donné la direction à une aveugle Divinité, qui a ſon Temple au bas du Parnaſſe.

PANTALON.

Quelle eſt donc cette Divinité ?

THALIE.

C'est le Hazard.

ARLEQUIN.

Vous vous moquez.

THALIE.

Non, vraîment. Il a entre les mains toutes les Piéces de Theâtre qui se composent à présent. Si vous en voulez quelqu'une, c'est à lui qu'il faut vous adresser.

ARLEQUIN.

Voilà des Pièces en bonne main !

PANTALON.

Par où faut-il aller pour le trouver ?

THALIE.

Vous n'avez qu'à suivre cette route. Mais je ne sais si vous le trouverez ; car, on ne le rencontre que par avanture. Attendez. Le voici qui s'avance.

ARLEQUIN.

Che bruta figura ! Il a bien l'air d'une Divinité de Hazard.

SCENE II.

THALIE, ARLEQUIN, PANTALON, le HAZARD. *Ayant une robe chamarrée, les yeux bandez, & tenant une Urne d'or sous le bras.*

THALIE, *arrêtant l. Dieu du Hazard par le (bras.*

Arrêtez un moment, Dieu du Hazard.

Le HAZARD.

Qui est-ce ?

THALIE.

C'est Thalie qui vous présente deux Comédiens.

Le HAZARD.

Que me veulent-ils ?

THALIE.

Ils viennent vous demander des Piéces nouvelles.

ARLEQUIN.

Oüi ; mais des nouvelles toutes nouvelles.

Le HAZARD.

Voilà mon Urne, où sont marquées par billets toutes les Nouveautez de mon Magazin. Je leur permets d'en tirer chacun une au hazard.

ARLEQUIN.

Mais les Piéces que nous tirerons, réüssiront-elles ?

Le HAZARD.

La plaisante question à me faire ! Sachez, mon Ami, que le Hazard ne lâche point son secret.

PANTALON.

Mais soyez-nous favorable.

Le HAZARD.

Priére inutile. Je me détermine à ma fantaisie. Je n'ai égard à rien.

ARLEQUIN, *à part.*

Qu'il est brutal !

Le HAZARD.

Je me moque de l'ordre, moi.

ARLEQUIN.

Il est donc du Régiment de Champagne.

Le HAZARD.

Je me soucie de la raison, de la justice & du bon goût comme de cela.

THALIE.

Il y paroît assez souvent.

Le HAZARD.

Je fais tomber, quand il me plaît, des Tragédies nouvelles, malgré les applaudissemens qu'elles ont reçûs dans les grandes Maisons; Et ce qui prouve encore mieux ma puissance, c'est que je fais quelquefois réüssir des Opéra nouveaux.

THALIE.

Cela est vrai.

PANTALON.

Il n'y a donc point à choisir avec vous?

Le HAZARD.

Non.

ARLEQUIN.

Tant-pis.

THALIE.

Au contraire. Qui choisit prend souvent le pire. Il faut s'abandonner au Hazard.

PANTALON.

Soit. Tire le premier, Arlequin.

ARLEQUIN.

Ahi, ahi, ahi! Le frisson me prend.

PANTALON.

D'où vient?

ARLEQUIN.

Le Hazard me fait la grimace. J'ai peur de tirer quelque Piéce de Bâteleurs. Allons donc, Monsieur du Hazard, faites-moi un peu meilleure mine.

Le HAZARD, *riant.*

Ha, ha, ha! Il est boufon.

ARLEQUIN.

Bon. Tirons pendant qu'il est de belle humeur.

(*Il tire.*)

PANTALON.

Voyons ce que c'est.

ARLEQUIN, *après avoir déroulé le billet lit.*

Numero 419. LA FORCE DE L'AMOUR. *Comédie d'un Acte.* Un Acte! J'aurois crû que la Force de l'amour eût demandé plusieurs Actes.

PANTALON, *tirant.*

A moi. (il lit) *Numero* 740. LA FOIRE DES FE'ES.

ARLEQUIN.

Hom! Cela ne vaut rien.

THALIE.

Pourquoi dites-vous cela?

ARLEQUIN.

C'est que nous ne sommes pas heureux en Foires.

Le HAZARD.

Tout beau, mon Cher. Vos Lots sont peut-être meilleurs que vous ne pensez.

ARLEQUIN.

Peut être! C'est bien parler en Dieu du Hazard.

Le HAZARD.

Allez à mon Magazin avec vos billets.

Le Caprice mon Secretaire vous délivrera les Piéces qui vous sont échuës. Adieu. Je vole à Paris pour présider à une consultation de Medecins.

SCENE III.

THALIE, ARLEQUIN, PANTALON.

PANTALON.

Qu'allons nous faire de deux Piéces d'un Acte?

THALIE.

Vous n'avez qu'à les lier par le moindre petit Prologue.

ARLEQUIN.

Morbleu! rien n'est tel qu'une Piéce en trois Actes.

THALIE.

Ne vous plaignez pas. Il me semble que le Hazard vous a favorisé en cela. Une Comédie de trois Actes n'est qu'un plat, après-tout; si on trouve ce plat mauvais, serviteur au festin.

PANTALON.

C'est fort bien dit.

THALIE.

Aulieu que des Morceaux détachez sont des ragoûts différents, dont l'un peut suppléer à l'autre.

ARLEQUIN.

Oüidà.

THALIE.

D'ailleurs, il faut de la variété dans les mets, pour contenter la diversité des goûts.

PANTALON.

Vous avez raison.

THALIE.

Jusqu'au revoir, mes Amis. Je souhaite que vous ayez attrapé deux bonnes Piéces.

ARLEQUIN.

Oh, ventrebleu! si elles sont bonnes, elles réüssiront en dépit du Dieu du Hazard & de tous les Diables.

Fin du Prologue.

Bonard del. E. Pailly sc.

LA FORCE
DE
L'AMOUR.

Piéce d'un Acte.

Representée à la Foire de S. Laurent 1722. par les Comédiens Italiens de S. A. R. Monseigneur le Duc d'Orleans, Régent.

ACTEURS

LE'LIO, Fils du Marquis Aſcorino.

Le MARQUIS ASCORINO, Seigneur Napolitain.

ISABELLE, Niéce du Marquis Aſcorino, accordée à Lélio.

Le PRINCE ALPHONSE, Sicilien, ſous le nom de l'Egyptien CLARIN.

La PRINCESSE MATHILDE, ſa Sœur, ſous le nom de l'Egyptienne SPINETTE.

ARLEQUIN, Valet de Lélio.

LAURE, Suivante de la Princeſſe.

VIOLETTE, Suivante d'Iſabelle.

FABIO, Valet d'Iſabelle.

SCARAMOUCHE, Valet du Marquis Aſcorino.

DOMESTIQUES du Prince Alphonſe en Egyptiens.

Le GOUVERNEUR de Livourne.

Un GARDE du GOUVERNEUR.

La Scene eſt à Livourne.

LA FORCE DE L'AMOUR.

LE Theâtre représente un Faux-bourg de Livourne.

SCENE PREMIERE.

ARLEQUIN, *seul.*

Grace au Ciel, me voici revenu à Livourne en bonne santé. Le Seigneur Lélio mon Maître doit m'attendre avec impatience. Voilà l'Auberge où je l'ai laissé... Mais je le vois qui sort.

SCENE II.

ARLEQUIN, L'ELIO.

LE'LIO.

Ah! te voilà Arlequin! Je ſuis bien aiſe de te revoir.

ARLEQUIN.

Je n'en doute pas, puiſque je vous rapporte le portrait que vous atendez, pour vous préſenter devant Iſabelle votre belle Couſine que vous venez épouſer ici.

(*Lui donnant le Portrait.*)

Tenez. Baiſez la main.

LE'LIO, *le prenant froidement.*

Donne.

(*Il le met dans ſa poche.*)

ARLEQUIN.

Comme vous le recevez!

LE'LIO.

Comme une choſe qui m'eſt devenuë fort indifférente.

ARLEQUIN.

Ho-ho! Quel changement! Lorsque le Marquis Ascorino votre Pére vous le donna à Naples, vous en fûtes coëffé dans le moment.

LELIO.

J'avouë que j'en fûs enflammé.

ARLEQUIN.

Vous pressâtes votre départ. Le Bonhomme eut beau vous dire : Mon Fils, le Roy, sur la nouvelle qu'il a reçûë de la mort du Roy de Sicile, m'a ordonné de me tenir prêt à partir pour quelque négotiation dont il veut me charger. Attendez quelques jours. Peut-être pourrai-je vous conduire moi-même à Livourne. Pas pour un diable, vous ne voulûtes point en démordre; & le Seigneur Ascorino fut obligé de vous laisser aller sans lui.

LELIO.

Cela est vrai.

ARLEQUIN.

Nous décampons de Naples. Nous venons ici à grandes journées. En arrivant, vous vous appercevez que vous avez oublié le portrait d'Isabelle dans votre Hôtellerie à Rome. Vous m'y renvoyez au plus vîte pour le chercher ; & quand je vous le rapporte, voilà le bel accueil que vous lui faites!

L'ELIO.

Je conviens de tout cela. Je te dirai même que le lendemain de mon arrivée ici, impatient de voir ma Cousine, je sortis pour aller chez elle, sans attendre ton retour....

ARLEQUIN.

Je devine le reste. L'Original donna un soufflet à la Copie.

LELIO.

Tu te trompes. Je n'ai point vû Isabelle. En allant la voir, je rencontrai dans la ruë une personne qui m'en ôta l'envie. Une jeune Egyptienne m'aborda, & s'offrit à me dire ma bonne-avanture.

ARLEQUIN.

J'y suis. Elle vous regarda la main, & vous fit apparemment quelque prédiction cornuë.

LE'LIO.

Non, ce ne fut point par ses prédictions qu'elle me détourna de mon mariage, ce fut par ses regards.

ARLEQUIN.

Comment donc ?

LE'LIO.

Mon cœur se rendit aux charmes de cette belle Egyptienne, qui me parut une Divinité.

ARLEQUIN.

Ah ! voilà donc ce qui vous a fait faire la moüe au portrait de la Cousine ?

LE'LIO.

Et c'est ce qui m'empêchera de remplir l'attente de mon Pére.

ARLEQUIN.

Oh! que non. Vous en reviendrez bientôt à Isabelle.

LE'LIO.

Jamais.

ARLEQUIN.

Bon, bon! Une Avanturiére n'amuse pas long tems un jeune Seigneur.

LE'LIO.

J'ai pensé comme toi d'abord. J'ai crû trouver en Spinette une conquête facile; mais son entretien m'a tiré d'erreur. Elle n'a pas moins de sagesse que de beauté.

ARLEQUIN.

Allez, allez. C'est une Pelerine qui sait bien vendre ses coquilles.

LE'LIO.

Ne voilà-t-il pas! Une fille est-elle d'une profession sujette aux avantures? donc c'est une fille galante. Toûjours de la prévention dans le jugement des hommes.

ARLEQUIN.

Il est vrai, j'ai tort. Si bien donc qu'elle vous a empaumé.

LE'LIO.

Qu'elle est aimable, mon cher Arlequin! Imagine-toi tous les attraits, toutes les graces ensemble, c'est Spinette.

ARLEQUIN.

ARLEQUIN.

Avec cela un esprit étonnant ?

LELIO.

Et d'un charmant caractére. Elle reçoit vos loüanges avec un mépris honnête : Sa conversation est animée d'une gaïeté vertueuse ; & si vous êtes trop vif, elle oppose à votre vivacité une sévérité riante.

ARLEQUIN.

C'est-à-dire qu'elle vous tient encore la dragée bien haute.

LELIO.

Pourquoi sa naissance ne répond-elle pas à son mérite ? Ou pourquoi, aveugle Erreur humaine, avez-vous fait la Noblesse fille du Hazard ?

ARLEQUIN.

Courage, Seigneur Lélio ! Poussez les choses encore plus loin. Imitez les Héros de Romans : Persuadez-vous que c'est une Princesse que ses malheurs obligent à courir la prétantaine sous un si bel habillement.

LELIO.

Tréve de plaisanterie. Je demeure d'accord qu'il ne me convient guére d'avoir une passion si délicate pour une Egyptienne; mais, que veux-tu? l'amour me la fait regarder comme une Dame digne de mes soins.

ARLEQUIN.

Mais enfin où cela nous menera-t-il?

LE'LIO.

Je n'en sais rien. Tout ce que je sais, c'est que je ne puis songer qu'à Spinette, & qu'aux moyens de lui plaire.

ARLEQUIN.

Adieu donc Isabelle, & tous les biens considérables dont elle joüit depuis la mort de son Pére.

LE'LIO.

Je n'y saurois que faire.

ARLEQUIN.

Elle aura beaucoup d'estime pour vous, quand elles apprendra vos belles amours!

LE'LIO.

Je m'en soucie fort peu.

ARLEQUIN.

Votre famille & vos Amis vont bien loüer votre conduite !

LE'LIO.

Oh ! point de remontrance, s'il vous plaît.

ARLEQUIN.

Je suis responsable de vos actions.

LE'LIO.

Tu me fatigues. Ecoute. Si tu veux que nous soyons bons amis, cesse de combattre mes sentimens.

ARLEQUIN.

C'est qu'il me fâche de voir....

LE'LIO.

Morbleu ! tai-toi donc, ou séparons-nous.

ARLEQUIN.

Diantre ! Vous me mettez bien vîte le marché à la main !

LE'LIO.

Tu m'y forces.

ARLEQUIN.

Ho-bien, nous voilà d'accord. Puisque la morale d'un Gouverneur vous déplaît, je vous offre l'obéïssance d'un Valet.

LE'LIO, *l'embrassant.*

Ah! tu te mets à la raison!

ARLEQUIN.

Il faut bien qu'il y en ait un de nous deux qui s'y rende.

LE'LIO.

Ta complaisance me ravit!

ARLEQUIN.

Je m'en apperçois bien.

LE'LIO.

Je suis charmé de toi!

ARLEQUIN.

Voilà nos Maîtres! Applaudissons-nous à leurs caprices? ils nous adorent.

LE'LIO.

Çà, qu'il ne soit donc plus question de ma Cousine,

ARLEQUIN.

Vive l'Egyptienne ! A propos, où demeure cette chaste Avanturiére ?

LE'LIO.

Elle demeure dans l'une de ces petites maisons.

ARLEQUIN.

Nous y demeurerons aussi bientôt, nous.

LE'LIO.

Elle a avec elle un Frére nommé Clarin, qui est un fort honnête Garçon.

ARLEQUIN.

Oh ! telle Sœur, tel Frére.

LE'LIO.

Ils sont tous deux à la tête d'une bande d'Egyptiens.

ARLEQUIN.

Qui sont aussi fort honnêtes ?

LE'LIO.

Ils me paroissent de très-bons Enfans.

ARLEQUIN.

Parbleu ! Voilà bien d'honnêtes-gens enſemble !

LE'LIO.

Paix. Je vois Spinette qui ſort de chez elle. Quel port ! quelle noble démarche ! Quand tu l'auras bien conſidérée, tu ne condamneras plus mon amour.

ARLEQUIN, *à part.*

Que les Amans ſont foux !

SCENE III.

LE'LIO, ARLEQUIN. SPINETTE & LAURE, *dans le Lointain.*

SPINETTE.

Oüi, Laure. Lélio plaît à mon Frére, & je l'aime ; mais cela ne ſuffit pas. Je veux bien l'éprouver auparavant.

LAURE.

J'approuve votre délicateſſe. Quelle joye pour Lélio, quand il apprendra.... !

SPINETTE.

Tai-toi. Le voici. Laisse-nous.

SCENE IV.

LE'LIO, ARLEQUIN, SPINETTE.

SPINETTE.

Seigneur Lélio, je vous rencontre à propos pour vous dire adieu.

LE'LIO, *étonné.*

Que m'apprenez-vous ?

SPINETTE.

Mon Frére vient de prendre la résolution de partir de Livourne avec toute la Troupe. Nous nous embarquons cette nuit.

ARLEQUIN, *à part.*

Tant-mieux.

LE'LIO.

Ah ! Ma chére Spinette, quelle affreuse nouvelle ! Et avec quelle barbare tranquilité me l'annoncez-vous !

SPINETTE.

Plût au Ciel que je fusse aussi tranquille que vous le pensez ! Mais il est tems de vous découvrir mes sentimens. Je ne veux pas être assez cruelle pour vous quitter, sans vous dire que je ne suis pas insensible à votre amour.

LÉLIO, *se livrant d'abord à la joye.*

L'ai-je bien entendu ! ... Mais que me sert-il de vous avoir plû, si vous m'abandonnez ?

SPINETTE.

C'est une nécessité.

LÉLIO.

Mon amour m'en fait une autre. Je vous suivrai jusqu'au bout du monde.

ARLEQUIN, *à part.*

L'Ecervelé !

SPINETTE.

Non, Lélio, je vous le défends. Après l'aveu que je viens de vous faire, que penseriez-vous de moi, si j'avois la complaisance de consentir à ce que vous me proposez ?

ARLEQUIN.

Elle a raison.

LE'LIO.

Mon respect doit vous rassûrer.

SPINETTE.

Il peut bien me répondre de vous; mais il ne met point ma réputation à couvert de la médisance.

LE'LIO.

Que faut-il donc que je fasse ?

SPINETTE.

M'oublier.

ARLEQUIN.

C'est bien dit.

LE'LIO.

Hé ! le puis-je présentement ? Vos cruelles bontez m'en ôtent toute espérance.

SPINETTE.

Laissez-moi partir.

LE'LIO.

Permettez-moi de vous ſuivre.

SPINETTE.

Ma délicateſſe s'y oppoſe.

LE'LIO.

Ma vie en dépend.

SPINETTE.

Hé-bien, je me rends à vos inſtances. Vous me ſuivrez.

LE'LIO, *lui baiſant la main.*

Quelle joye !

ARLEQUIN, *à part.*

Quelle ſottiſe !

SPINETTE.

Mais c'eſt à une condition.

LE'LIO, *précipitamment.*

Oh ! j'y conſens !

SPINETTE.

Pour garder toutes les meſures qu'il faut prendre avec le monde, il ſera bon que vous endossiez l'habit d'Egyptien, & que vous viviez comme nous.

LELIO, *hésitant un peu.*

Un habit d'Egyptien.... !

SPINETTE.

Est-ce que vous balancez ?

LELIO.

Hé, non ! J'y consens, vous dis-je.

ARLEQUIN, *à part.*

Nous voilà bien !

LELIO.

Je suis charmé de faire une chose que vous souhaitez.

SPINETTE.

Mais je ne la souhaite point. Vous avez arraché ce consentement à ma pitié : Car enfin, je vois bien que je fais une grande folie, en vous permettant de m'accompagner.

LELIO.

D'où vient ?

SPINETTE.

Ma vertu ne veut pas que je sois suivie d'un homme qui n'est point mon Epoux.

LE'LIO.

Je puis le devenir.

ARLEQUIN.

Turelure !

SPINETTE.

Vous cherchez à m'amuser.

LE'LIO.

Non, ma chere Spinette, je ne vous dis rien que je ne sois capable de faire.

SPINETTE.

Le fils d'un Ministre épouseroit une Egyptienne!

ARLEQUIN.

Fi donc !

LE'LIO.

L'amour confond tous les rangs.

SPINETTE.

Chansons. Je ne me repais pas de chimères.

LE'LIO.

Je vous en donne ma parole.

SPINETTE.

Je ne m'y fie pas.

ARLEQUIN, *à Spinette.*

Vous faites bien.

SPINETTE, *voulant s'en aller.*

Il vaut mieux que je m'éloigne de vous.

LE'LIO, *la retenant.*

Attendez... Hé-bien, pour vous satisfaire, je suis prêt à vous donner ma main.

ARLEQUIN, *tirant Lélio par la manche.*

Y-pensez-vous ?

SPINETTE.

C'est autre chose. A ce prix-là, vous serez des nôtres.

LE'LIO.

Que dites-vous, Spinette ? Puisque je suis résolu de vous épouser, vous ne devez plus songer au genre de vie que vous menez.

SPINETTE.

C'eſt ce qui vous trompe. Je ne prétends pas quitter mon Frére, ni mon habillement.

LE'LIO.

Comment ? Je ſouffrirois ma Femme dans une profeſſion... !

SPINETTE.

Je ne puis être à vous qu'à cette condition-là. Voyez ſi cela vous accommode.

ARLEQUIN.

Non, la Belle, cela ne nous accommode point.

LE'LIO.

Hé-quoi ? Ne ſeroit-il pas plus agréable pour vous de vivre honorablement, que de... ?

SPINETTE.

Je veux vivre à ma fantaiſie.

LE'LIO.

Cependant, faites réfléxion....

SPINETTE.

Oh! je fais réfléxion que vous vous

opposez à mes volontez. Nous ne nous convenons point. Voilà qui est fini, n'en parlons plus.

(Elle veut encore s'en aller.)

ARLEQUIN.

Soit. N'en parlons plus.

LE'LIO, *la retenant.*

Eh ! je ne m'y oppose point ! *(à Arlequin.)* Dequoi se mêle cet animal-là ?

SPINETTE.

Consultez-vous bien, Lélio.

LE'LIO.

J'ai pris ma résolution.

SPINETTE.

Je ne veux pas vous contraindre, au-moins ; & pour peu que vous ayez de répugnance à ....

LE'LIO.

De la repugnance ! Au contraire, Spinette, j'aime tout ce qui vous est agréable.

ARLEQUIN, *à part.*

J'enrage !

SPINETTE.

Je vais donc en dire deux mots à mon Frére. Il est à propos que je lui parle en particulier. Attendez-moi ici.

LE'LIO.

Je vous attends avec impatience. ... Ouf !

SCENE V.

LE'LIO, ARLEQUIN.

ARLEQUIN.

Le joli Garçon ! Quoi, vous pouvez vous résoudre à prendre un habit de Coquin ?

LE'LIO.

Ne vas-tu pas encore moraliser ?

ARLEQUIN.

Le moyen de s'en empêcher ? Quelle honte de vouloir épouser une pareille Créature !

LE'LIO.

Tu ne veux donc pas finir.

ARLEQUIN.

Vous ferez mourir votre bon-homme de Pére.

LE'LIO.

Encore ?

ARLEQUIN.

Toute la Cour de Naples, instruite de votre équipée....

LE'LIO, *tirant son épée.*

C'en est trop, Maraut. Il faut que je me délivre d'un Censeur importun.

ARLEQUIN, *se jettant à genoux.*

Pardon, Seigneur! Ne voyez-vous pas que c'est pour rire ? Je voulois éprouver votre fidelité pour l'Egyptienne.

LE'LIO, *renguaînant.*

Tu fais bien de le prendre sur ce ton-là.

ARLEQUIN.

Ma foi, cette fille-là est adorable. Vous n'en sauriez trop faire pour elle.

LE'LIO, *soupirant.*

Ahi !

ARLEQUIN.

Abandonnez-vous à votre passion ; faites de petits Egyptiens, & moquez-vous du reste.

LE'LIO.

Ah ! Mon pauvre Arlequin ! Au-lieu de m'insulter par des railleries, ou de m'accabler de reproches, plains-moi plutôt. Eh ! penses-tu que je céde sans remord à la puissance qui me domine ? Non, mon Ami. Il se livre dans mon âme de rudes combats entre la raison & mon amour.

ARLEQUIN, *attendri.*

Vous me fendez le cœur.

SCENE VI.

LE'LIO, ARLEQUIN, SPINETTE, un EGYPTIEN *apportant deux habits d'ordonnance.*

SPINETTE.

Tout va bien, Lélio. Votre dessein est agréable à mon Frere.

ARLEQUIN.

Il a bien de la bonté !

SPINETTE.

Voici deux habits d'ordonnance, un pour vous & l'autre pour votre Valet.

ARLEQUIN.

Pour moi ? Je suis votre serviteur.

LELIO, *à Arlequin.*

Pourquoi ce refus ?

ARLEQUIN.

C'est que je ne suis pas amoureux, moi.

SPINETTE.

Cela viendra. J'ai des Compagnes fort jolies.

ARLEQUIN.

Je n'aime point cette graine-là. J'ai le goût bourgeois.

LELIO, *lui mettant l'habit.*

Allons, allons. Ne nous fais point perdre de tems.

ARLEQUIN.

Mais, mais... Attendez donc... Il n'est pas nécessaire... Que diable... Ah ! quel habit !

L'Egyptien met l'habit d'ordonnance à Lélio, après lui avoir ôté son Just-au-corps. Et en lui tendant son mouchoir qu'il a tiré d'une de ses-poches, le portrait d'Isabelle tombe. Arlequin le ramasse.

SPINETTE.

Qu'est-ce que c'est que cela ?

ARLEQUIN.

Ce n'est rien.

SPINETTE.

Je veux le voir.

LE'LIO, *prénant le portrait des mains d'Arlequin.*

Cela n'en vaut pas la peine.

SPINETTE, *l'arrachant à Lélio.*

N'importe... Ho-ho ! C'est le portrait d'une femme, assez jolie même.

ARLEQUIN.

C'est le portrait de sa Grand'mére quand elle étoit jeune.

SPINETTE.

Vous vous troublez, Lélio ! Que dois-je penser ?

LE'LIO.

Que je ſuis le plus malheureux de tous les hommes, de n'avoir pas....

SPINETTE.

De n'avoir pas mieux pris vos meſures, n'eſt-il pas vrai ? J'admire votre ingénuité.

LE'LIO.

Ne précipitez point votre jugement. Ce portrait ne doit pas vous faire la moindre peine.

SPINETTE.

Ne cherchez point de détour. Vous n'êtes qu'un Traître.

LE'LIO.

Ah ! Spinette, votre défiance bleſſe ma fidélité.

SPINETTE.

Vous êtes un Impoſteur. Je romps avec vous pour jamais. Adieu. Je ſuis au deſeſpoir de vous avoir vû.

(*Elle veut s'en aller.*)

LE'LIO, *la retenant.*

Ne vous en allez point, sans m'entendre.

SPINETTE.

Hé! que pouvez-vous me dire?

LE'LIO.

Mon malheur.

SPINETTE.

Ne le vois-je pas?

LE'LIO.

Permettez que je vous tire d'erreur.

SPINETTE.

Je suis desabusée.

LE'LIO.

Non, vous ne l'êtes pas. Daignez m'écouter un moment.

SPINETTE.

Je n'en ferai rien.

ARLEQUIN, *la retenant.*

Ho, parbleu! Madame l'Egyptienne, vous n'êtes pas raisonnable aussi. Il veut parler, vous ne voulez pas l'entendre ; ce n'est pas le moyen de vous éclaircir. Attendez. J'y trouve un milieu. Regardez-vous tous deux, sans rien dire ; & vous allez vous expliquer par ma bouche.

Il passe du côté de Spinette, & dit pour elle en contrefaisant sa voix à Lelio.

Ha-ha ! petit Scelerat, vous vouliez donc m'en donner à garder ?

Spinette fait un geste applaudissant en regardant Lélio. Arlequin passe du côté de Lélio, & imite sa voix, en répondant pour lui à Spinette.

Non, ma Bouchonne, il n'y a point de tricherie dans mon fait.

Lélio approuve du geste ce que vient de dire Arlequin, qui repasse du côté de Spinette. Ce qui se fait de part & d'autre jusqu'à la fin.

Mais qui est cette Mijaurée dont vous avez laissé tomber le portrait ?

Du côté de Lélio,

C'est ma Cousine Isabelle, que je venois épouser à Livourne par ordre de mon Pére, & que je plante là pour aller courir les champs avec vous.

Du côté de Spinette.

Vous l'aimiez donc cette Isabelle ?

Du côté de Lélio.

Mais, j'y avois bien quelque petite disposition sur la Copie, lorsque vous m'avez ôté l'envie d'aller voir l'Original.

Du côté de Spinette.

Est-ce que vous ne l'avez jamais vû.

Du côté de Lélio.

Non, belle Tulipe du parterre de mon cœur, je n'ai de ma vie paru devant Isabelle.

Du côté de Spinette.

Dites-vous la vérité ?

Du côté de Lélio.

Oüi, ma Reine, ou le diable m'emporte.

Du côté de Spinette.

Cela étant, je ne suis plus fâchée.

Au milieu des deux & de sa voix naturelle.

Là-dessus, vous vous embrassez, & voilà la paix faite.

LE'LIO, *à Spinette.*

Il vous a dit les choses comme elles sont.

SPINETTE.

SPINETTE.

C'est ce que je veux approfondir.

LE'LIO.

Je ne demande pas mieux.

SPINETTE.

Sous prétexte de dire la bonne-avanture à Isabelle, j'irai chez elle avec vous.

LE'LIO.

Nous irons, si vous le voulez.

SPINETTE.

Le si est plaisant. L'entendez-vous? *Si vous le voulez.* Il ne le voudroit pas, lui, aparemment.

ARLEQUIN.

Oh! vous le chicannez! Que de peine pour desabuser une femme, quoi qu'on soit innocent! Morbleu! on en vient mieux a bout quand on est coupable.

SPINETTE.

Je suis curieuse de vous voir ensemble.

ARLEQUIN.

Vous n'aurez plus rien à dire.

SPINETTE.

Je vous examinerai bien tous deux.

LE'LIO.

A la bonne heure.

SPINETTE.

Voici Clarin.

ARLEQUIN, *à part.*

Voilà donc cet honnête Garçon de Frére.

SCENE VII.

LE'LIO, SPINETTE, ARLEQUIN, CLARIN.

CLARIN.

Ha-ha ! Vous paroissez émus l'un & l'autre ! Avez-vous quelque dispute ?

SPINETTE, *lui donnant le portrait.*

Oüi, mon Frére. En voici le sujet.

Lélio a laissé tomber ce portrait, qui est, dit-il, celui d'une Parente qu'il n'a jamais vûë, & qu'il venoit épouser.

CLARIN, *regardant le portrait.*

La charmante personne ! Quel air piquant !

SPINETTE.

Vous la trouvez belle, à ce que je vois.

CLARIN.

J'en suis enchanté ! (*à Lélio.*) Est-ce bien sincérement que vous lui préférez ma Sœur ?

LE'LIO.

Ma Cousine fût-elle encore cent fois plus belle, j'en ferois le sacrifice avec plaisir.

CLARIN.

Spinette est trop heureuse.

SPINETTE, *à son Frére.*

Lélio vous paroît faire une sotise, n'est-ce pas ? Et vous ne seriez pas fâché d'en profiter ?

CLARIN.

Je serois ravi, je l'avouë, d'avoir un entretien avec une Dame si aimable.

SPINETTE.

La chose est possible.

CLARIN.

Si elle a autant d'esprit que de beauté, je ferois mon bonheur de lui plaire.

SPINETTE.

Tentez l'avanture. Vous pourrez peut-être vous convenir tous deux. Je voudrois qu'elle fût déja votre femme.

ARLEQUIN, *à part.*

On la lui garde.

SPINETTE.

Si le Seigneur Lélio y veut consentir, nous en verrons bientôt l'effet.

LELIO.

Qui? Moi! Vous plaisantez, Spinette.

SPINETTE.

Nullement. La chose dépend de vous. Comme votre Cousine ne vous a point vû, Il sera fort aisé à mon Frére de passer pour vous,

LELIO.

De paſſer pour moi !

ARLEQUIN.

En voici bien d'une autre.

SPINETTE.

Aſsûrément. Vous n'avez qu'à lui laiſſer ce portrait, il ne lui en faut pas davantage. Il n'eſt pas mal fait, il a de l'eſprit; Iſabelle n'aura aucun ſoupçon de cette petite ſupercherie.

ARLEQUIN, *à part.*

Tudieu ! quelle Dératée !

SPINETTE, *à Lélio qui rêve.*

Hé-bien ?

LELIO.

Je ne puis conſentir à cela.

ARLEQUIN.

Ni moi non plus. Notre habit ne tient à rien.

CLARIN, *à Lélio.*

Pourquoi donc ?

SPINETTE.

D'où vient ?

LE'LIO.

Ne le voyez-vous pas bien ?

ARLEQUIN.

Cela se peut-il demander ?

(Il fait mine de vouloir se deshabiller.)

LE'LIO.

Un homme du métier de votre Frére... !

SPINETTE.

Elle ne saura point qui il est. Il prendra un de vos habits, & se fera appeller Lélio.

CLARIN.

Il n'y a plus de difficultez.

LE'LIO.

Vous vous moquez.... Ne m'obligez point à vous représenter toute l'absurdité de ce projet-là.

ARLEQUIN, *se deshabillant à demi.*

Hé, fi !

SPINETTE.

Votre résistance vous trahit, Lélio. Vous avez de l'attachement pour Isabelle.

LELIO.

Eh ! non, ce n'est point cela. Vous prenez pour un effet d'amour ce qui ne part que d'un principe d'honneur.

SPINETTE.

Que voulez-vous dire par là ?

LELIO.

Vous devez m'entendre. Je serois un Malheureux, si je prêtois la main à une fourberie si criminelle. Entre nous, une fille de qualité n'est pas faite pour un Egyptien.

ARLEQUIN, *achevant de se deshabiller.*

Les plaisans Gredins !

CLARIN.

Tout Egyptien que je suis, je me pique d'avoir une âme noble, des sentimens vertueux.

SPINETTE.

Dès qu'elle aimera mon Frére, elle le regardera comme vous me regardez ; votre exemple étourdira sa délicatesse. Allez. Elle s'accoutumera avec nous.

LE'LIO.

Non, non, elle feroit au desespoir.

ARLEQUIN.

Sans doute.

CLARIN.

Je prends sur moi le soin de l'appaiser.

SPINETTE.

Déterminez-vous, Lélio. Votre obstination m'outrage, & je suis fatiguée de tant de résistance.

LE'LIO.

Injuste Spinette! Vous n'êtes pas contente de tout ce que je vous sacrifie! Faut-il que vous exigiez de moi que je vous immole une innocente Cousine, & que je serve moi-même à la rendre....

SPINETTE.

Ne m'en dites pas davantage. Je ne vous demande plus rien. Gardez votre noble orgueil; vous en avez besoin pour vous-même. Vous auriez plus de raison de combattre les sentimens que je vous ai inspirez; vous devez vous être plus cher que toute votre famille. Que je suis malheureuse ! J'aurois méprisé pour vous les plus grands Princes de la terre, & vous êtes toujours prêt à me refuser ce que je vous demande.

ARLEQUIN, *bas à Lélio.*

Ne molissez point.

LELIO.

Mais considérez....

SPINETTE.

Allez, Ingrat. Vous ne méritez pas le cœur de Spinette. Séparons-nous. Quittez cet habit que vous avez eu la lâcheté de prendre, & courez vanter à Isabelle votre attention scrupuleuse pour son honneur. Elle vous pardonnera le mépris que vous avez pour ses charmes, en faveur du soin que vous prenez de sa gloire.

LELIO.

Que vous êtes cruelle ! Je suis sûr que Clarin lui-même ne desapprouve point ma répugnance.

CLARIN.

Je pourrois m'en offenser, & vous dire....

SPINETTE, *intérrompant Clarin.*

Retirez-vous, mon Frére. (*Clarin sort.*)

à Lélio.

Adieu, fils de Ministre. Si tu juges que ta Cousine doit dédaigner un Egyptien tel que mon Frére, appren qu'une Egyptienne telle que moi te méprise à son tour. (*elle veut se retirer.*)

LE'LIO, *l'arrêtant.*

Demeurez.

SPINETTE.

Ne m'arrêtez point.

LE'LIO.

Je ne puis me resoudre à vous perdre.

ARLEQUIN, *bas à Lélio.*

Qu'allez vous faire ?

SPINETTE.

Je ne vous écoute plus.

LE'LIO.

Je me rends.

SPINETTE.

Vôtre Cousine vous tient trop au cœur.

LELIO.

Je vous l'abandonne. Je souscris à tout.

ARLEQUIN, *remettant son habit.*

Je n'ai qu'à remettre mon habit.

SPINETTE.

Allons donc concerter ensemble ce qu'il faut faire pour réüssir dans cette entreprise.

(*Elle sort.*)

LELIO, *la suivant.*

O force de l'amour !

ARLEQUIN.

O la poule mouillée !

SCENE VIII.

ARLEQUIN, *seul.*

Misérable Lélio ! Dans quelles pattes êtes-vous tombé ! C'en est fait, il a perdu l'esprit.... Mais toi, Arlequin, en bonne foi, ès-tu plus raisonnable que ton Maître ? Encore moins. L'amour l'aveugle, lui ; & moi qui ai le cœur libre, je me laisse mettre sur le corps ce maudit habit de Bohémien, qui est une véritable étiquette de Fripon, l'épouvantail des Voyageurs & l'aiman de la Maréchaussée. Ma foi, que le Seigneur Lélio se tire de là comme il pourra ; pour moi, je vais jetter le froc aux orties Au diable les Egyptiens & les Egyptiennes !

SCENE IX.

ARLEQUIN, LAURE.

LAURE, *qui a entendu ses dernieres paroles lui fait la révérence, en lui disant :*

Je vous remercie pour le Corps en general, & pour moi en particulier.

ARLEQUIN, *à part.*

En voici une bien éveillée.

LAURE.

Comment donc, Camarade ? Vous me paroissez déja dégoûté de la profession.

ARLEQUIN.

Oüi, morbleu ! j'en suis dégoûté.

LAURE.

Eh ! la, la ! Ne faites point tant de bruit. Nous ne voulons que des gens de bonne volonté. Il n'y a qu'à vous ôter votre habit, & vous laisser aller.

ARLEQUIN.

Volontiers.

Elle se met en devoir de le deshabiller. Arlequin la considére ; & la trouvant jolie, il lui baise d'abord la main. Elle lui tire une manche ; & pendant qu'elle lui tire l'autre, il remet son bras dans la premiere. Elle revient à celle-ci ; & lui tirant encore le bras de dedans, il remet l'autre dans l'autre manche. Ce qui se répéte trois ou quatre fois de suite, & fait dire à Laure :

LAURE.

Hé-bien, qu'est-ce que c'est donc que cela ? Nous n'avançons point.

ARLEQUIN, *riant.*

Hé, hé, hé ! Pardonnez-moi, cela est bien avancé.

LAURE.

Oüi, vraîment.

ARLEQUIN.

Vous me faites faire des réfléxions.

LAURE.

Quelles réflêxions ?

ARLEQUIN.

Je songe qu'il n'est pas honnête à un Valet d'abandonner son Maître.

LAURE.

Je me sais bon gré de vous faire réfléchir en Garçon d'honneur.

ARLEQUIN.

Ah ! jolie Pendarde, vous me débauchez !

LAURE.

Plaît-il ?

ARLEQUIN.

Vous me faites oublier les dangers de la profession.

LAURE.

Vous n'en aviez qu'un à craindre, & il me semble que vous y succombez.

ARLEQUIN.

Vous l'avez dit, petite Voleuse. En me deshabillant vous avez escamoté mon cœur.

LAURE.

Tout-de-bon ?

ARLEQUIN.

Je me ſens déja auſſi fou que mon Maître.

LAURE.

C'eſt beaucoup dire.

ARLEQUIN.

Je vous ſacrifierois ma Couſine, ma Tante, ma Grand'mére & toute la boutique.

LAURE.

Je ne puis tenir contre de ſi grands ſacrifices. Je vous choiſis pour mon Amant.

ARLEQUIN.

Bon. Vivent les filles qui vont d'abord au fait !

LAURE.

A quoi ſervent les détours ?

ARLEQUIN.

A perdre du temps.

LAURE.

Je vois à votre phiſionomie que je ſerai contente de vous.

ARLEQUIN.

Malepeste ! Vous êtes une Connoisseuse.

LAURE.

Vous aurez de l'agrément dans notre compagnie.

ARLEQUIN.

Je l'espere. Tout ce qui m'embarasse, c'est que je ne sais pas dire la bonne-avanture.

LAURE.

Rien n'est plus aisé. Une leçon va vous rendre habile.

ARLEQUIN.

Je vous écoute.

LAURE.

Il vous vient, par exemple, un Jeune-homme. Vous lui prenez la main ; vous regardez la ligne de vie, & vous ne manquez pas de lui prédire qu'il vivra longtems.

ARLEQUIN, *mettant le doigt à son front.*

Bon. La ligne de vie.

LAURE.

Si le Jeune-homme fait le beau, & vous

paroît entêté de sa figure, vous lui dites que toutes les femmes sont amoureuses de lui : Que c'est un Papillon qui vole de fleur en fleur : Mais qu'il soit en garde contre les Maris.

ARLEQUIN.

Et si c'est un vieux homme ?

LAURE.

Il faut commencer par lui dire qu'il a été autrefois un Verd-galand : Qu'il est encore regardé de bon œil par une femme discréte. . . .

ARLEQUIN.

Et la ligne de vie ?

LAURE.

Oh ! vous l'assûrerez qu'il verra mourir ses héritiers.

ARLEQUIN.

Ah ! je vois le fin du métier ! Il faut prédire des choses qui fassent plaisir.

LAURE.

Vous y êtes.

ARLEQUIN.

Je dirai à une femme que son mari mourra avant elle ; & à une jeune fille, qu'elle sera bientôt mariée.

LAURE.

Fort bien.

ARLEQUIN.

A un Medecin, qu'il guérira tous ses Malades : A un Poëte, que les Grands lui feront la cour ; & à un Peintre, qu'il amassera de grandes richesses.

LAURE.

A merveilles. Venez. Je vais vous présenter à la Bande joyeuse.

ARLEQUIN, *la prenant par la main.*

Que nous allons nous divertir, ma Tourelourette !

LAURE.

Nos Egyptiens n'ont que cela à faire.

ARLEQUIN, *chante en s'en allant.*

AIR. 141. (*Vivent les Gueux*)

Et la Grivoise est avec eux :
Vivent les Gueux !

Le Theâtre change, & représente une Salle de la Maison d'Isabelle.

SCENE X.

ISABELLE, VIOLETTE.

ISABELLE.

Mais Lélio ne vient point.

VIOLETTE.

Il est peut-être sur le point d'arriver.

ISABELLE.

Suivant les Lettres de mon Oncle, il y a plus de huit jours que son Fils devroit être ici.

VIOLETTE.

Il lui sera survenu quelques affaires, qui l'auront retardé.

SCENE XI.

ISABELLE, VIOLETTE, FABIO.

FABIO, *annonçant*.

Le Seigneur Lélio.

VIOLETTE.

Le Ciel en soit loüé. Il a bien fait d'arriver; la migraine commençoit déja à nous prendre.

SCENE XII.

ISABELLE, VIOLETTE, CLARIN.

CLARIN, *présentant le portrait.*

Madame, ce porttait peut vous apprendre qui je suis.

ISABELLE.

Ah ! mon Cousin, j'étois en peine de vous! J'avois compté de vous voir plûtôt.

CLARIN.

Une indisposition, qui auroit pû avoir des suites, m'a obligé de m'arrêter sur la route.

VIOLETTE, *à Isabelle.*

Par ma foi, vous ne sauriez le renier pour votre Cousin; vous vous ressemblez comme deux gouttes d'eau.

ISABELLE.

C'est ce que mon Oncle m'a dit quand il est venu ici.

CLARIN.

Heureux, si cette ressemblance, qui me fait tant d'honneur, pouvoit produire une conformité de sentimens.

ISABELLE.

Vous êtes poli, Lélio. Je serai trop contente de moi, si ma vûë ne détruit point l'impression avantageuse que mon portrait peut avoir fait sur vous.

CLARIN.

Que dites-vous, ma Cousine ! Ce portrait n'est qu'une foible ébauche de vos charmes. Et à juger des transports que vous m'inspirez dans ce moment, je crois que c'est l'Amour plutôt que mon Pére qui vous a choisie pour faire mon bonheur.

VIOLETTE, *bas à Isabelle.*

Qu'il est aimable !

ISABELLE.

Dans les termes où nous en sommes, mon cher Cousin, je ne dois point dissimuler. Quelque bien que votre Pére m'eût dit de vous, je n'étois pas sans inquiétude sur votre personne ; mais vous dissipez ma crainte. Et si je vous avois vû sans vous connoître, mon cœur auroit souhaité que Lélio eût été fait comme vous.

CLARIN, *lui baisant la main.*

Je suis au comble de mes vœux! Je puis donc espérer de vous posséder dès aujourd'hui?

ISABELLE.

J'y consens, Lélio.

VIOLETTE.

Oh! quand les parties sont faites comme vous, elles sont bientôt d'accord.

SCENE XIII.

ISABELLE, VIOLETTE, CLARIN, FABIO.

FABIO.

Une Troupe d'Egyptiens & d'Egyptiennes demande si Madame veut bien lui permettre d'entrer.

ISABELLE.

Le voulez-vous, Lélio?

CLARIN.

De tout mon cœur.

VIOLETTE.

Eh ! Oüi, Madame ! Ils nous réjoüiront.

ISABELLE.

Faites-les venir.

VIOLETTE.

Il faut les consulter sur votre mariage. Nous allons entendre ce qu'ils vous diront.

SCENE XIV.

ISABELLE, VIOLETTE, CLARIN, SPINETTE, LELIO, ARLEQUIN, LAURE & Suite.

CLARIN, *montrant Spinette.*

Voilà sans doute la principale de la Troupe.

ISABELLE.

Elle est gracieuse.

SPINETTE, *chantant.*

AIR 150. (*De Mr. Mouret.*)

La Raison blâme envain notre aimable science;
Mortels, la flateuse Espérance
Soûtient chez vous notre crédit.
Nous ne vous disons rien qu'elle ne vous ait dit.
Nous promettons à la Jeunesse
Une longue félicité:
A la tremblante Vieillesse,
Une éternelle santé:
Aux tendres Belles,
Des cœurs pour elles
Toujours épris;
Et nous ôsons même aux Maris
Promettre des femmes fidelles.

ISABELLE, *à Clarin.*

Elle chante agréablement.

SPINETTE.

Voulez-vous, ma bello Dame, savoir votre bonne-avanture?

ISABELLE.

Voyons.

SPINETTE.

SPINETTE, *à Lélio.*

Approchez, mon Frére. Prenez la main de Madame, pendant que j'observerai l'autre.

ISABELLE.

Vous avez là un Frére de fort bonne mine. Il est habile aparemment ?

SPINETTE.

S'il est habile ! C'est le premier homme du monde pour la Chiromancie. Il n'y a personne qui puisse vous dire mieux que lui ce qui doit vous arriver.

ARLEQUIN, *à part.*

Il ne le sait que trop.

LE'LIO.

Madame, ne la croyez point. (*à part*) A quoi m'expose-t-elle !

SPINETTE *à Lélio, l'obligeant à prendre la main d'Isabelle.*

Faites donc ce qu'on vous dit. (*à Isabelle*) C'est un Protée, qui est avare de ses prédictions.

LE'LIO *à part, prenant la main d'Isabelle.*

Quel supplice !

SPINETTE, *prenant l'autre main.*

L'heureuse main! Ma bonne Dame, un aimable Cavalier, en voyant seulement votre portrait, a conçû pour vous une passion violente.

VIOLETTE.

Elle a bien rencontré.

ARLEQUIN.

La grande Sorciére!

SPINETTE.

Vous l'épouserez bientôt. Et c'est un homme qui fera beaucoup d'honneur à votre famille.

ARLEQUIN, *à part.*

Infiniment.

LE'LIO *à part, troublé.*

La rude épreuve!

ISABELLE, *remarquant le trouble de Lélio.*

Vous êtes ému! Qu'avez-vous? Est-ce que vous verriez quelque chose de sinistre dans ma main?

LE'LIO.

Non, Madame.

ISABELLE.

Oh ! que si ! Vous n'ôsez me le dire. Mais ne me flatez pas, je vous en prie.

LELIO.

Vous êtes ménacée....

ISABELLE.

Dequoi ?

LELIO.

Vous êtes menacée d'un grand chagrin.

(Spinette regarde Lélio de travers.)

ISABELLE.

D'un grand chagrin !

SPINETTE.

Non, non. Je sais ce qu'il veut dire. Vous aurez d'abord un déplaisir assez vif; mais il passera comme une ombre, & sera suivi de mille plaisirs.

ISABELLE.

C'est assez, ma belle Enfant. Je voudrois bien vous voir danser présentement.

SPINETTE.

Vous allez être obéïe.

Spinette danse d'abord seule une Chaconne & un Passe-pié. Après quoi, les Egyptiens, & les Egyptiennes de sa suite forment une Danse, qui est interrompuë par l'arivée de Scaramouche.

SCENE XV.

Les Acteurs de la Scene précedente; SCARAMOUCHE.

SCARAMOUCHE, *à Isabelle.*

Madame....

ISABELLE.

Eh! voici Scaramouche! Qu'y a-t-il, mon Ami?

SCARAMOUCHE.

Le Marquis Ascorlino votre Oncle est à Livourne. J'ai pris les devans pour vous en avertir.

(Il se retire.)

SCENE XVI.

ISABELLE, CLARIN, SPINETTE, LÉLIO, ARLEQUIN, LAURE & Suite.

LÉLIO, *à part.*

Mon Pére !

ISABELLE, *à Clarin.*

Ah ! quel bonheur, Lélio ! Je ne m'y attendois pas.

CLARIN, *agité.*

Ni moi non plus.

SPINETTE, *à part.*

Quel contretemps !

ARLEQUIN, *à part.*

Nous voilà pris au trébuchet.

ISABELLE, *à Clarin.*

Pourquoi vous troublez-vous ?

CLARIN, *embarassé.*

C'est que mon Pere . . . . .

ISABELLE.

Hé-bien, votre Pére.....?

CLARIN.

J'ai peur qu'il n'y ait quelque changement dans nos affaires. Cette arrivée imprevuë me fait faire mille réflexions.

ARLEQUIN, *à part.*

Et à moi aussi.

SPINETTE, *passant du côté de Clarin.*

Donnez-moi votre main. Je vais vous apprendre si vous avez quelque chose à craindre.

Bas à Clarin, en lui regardant dans la main.

Emmenez-la dans la chambre prochaine; amusez-la quelque temps, & me laissez faire.

Haut.

Allez. Le voyage de votre Pére à Livourne ne doit pas vous inquieter.

CLARIN, *à Isabelle.*

Avant que de voir mon Pére, j'aurois quelque chose à vous dire. Retirons-nous pour un moment.

SCENE XVII.

SPINETTE, LE'LIO, ARLEQUIN, LAURE & Suite.

LE'LIO.

Enfin, Spinette, vous l'avez voulu. Qu'allons-nous devenir ?

SPINETTE, *rêvant.*

Patience, patience.

ARLEQUIN.

Décampons au plus vîte.

LE'LIO.

C'est le meilleur parti.

SPINETTE.

Mais nous laissons mon Frére dans le laqs.

LE'LIO.

Nous songerons à l'en tirer. Sortons.

ARLEQUIN, *désolé.*

Eh! Il n'est plus temps! Voilà le Seigneur Ascorino!

LÉLIO.

Je suis désespéré !

SCENE XVIII.

Les ACTEURS de la Scene précedente.
Le MARQUIS ASCORINO.

Le MARQUIS, *à part.*

Ho-ho ! Qu'est-ce que c'est que tous ces gens-ci ? Mais, si je ne me trompe, je vois Lélio. Voilà Arlequin.

Haut à Lélio.

Pourquoi ce déguisement mon Fils ? Que signifie cela ?

ARLEQUIN, *tremblant.*

Ahi, ahi, ahi, ahi !

LÉLIO, *decontenancé.*

Mon Pére,... Je voulois....

Le MARQUIS.

Quoi ? Vous êtes tout déconcerté !

SPINETTE, *au Marquis.*

Seigneur, je vais vous expliquer le fait.

Votre présence nous met dans le plus grand embaras du monde.

Le MARQUIS.

C'est ce qu'il me semble.

SPINETTE.

Nous aurions été bien-aises que vous eussiez encore tardé quelque temps.

Le MARQUIS.

D'où vient ?

SPINETTE.

Vous venez rompre nos mesures. Nous voulions faire une piéce à Isabelle.

Le MARQUIS.

Quelle piéce ?

SPINETTE.

La voici.

LE'LIO, *à part, intrigué.*

Que va-t-elle dire ?

SPINETTE.

Lélio, en arrivant à Livourne, a rencontré Clarin mon Frére qu'il a connu à Naples. Votre Fils lui fait d'abord confidence du motif de son voyage. Mon Frére l'améne au logis se rafraîchir. Nous soupons ensemble. Entre la poire & le fromage, Lélio dit à son Ami : Clarin, il me vient une idée. Aulieu de me presenter à ma Cousine, qui ne m'a jamais vû, je suis d'avis que vous y alliez pour moi, & que vous preniez mon nom. Nous nous déguiserons, votre Sœur, vos Valets, Arlequin & moi en Egyptiens. Nous irons chez Isabelle, comme pour lui dire sa bonne-avanture, & je me ferai connoître à la fin.

Le MARQUIS, *souriant.*

Quelle extravagance ! Que la Jeunesse est folle !

SPINETTE.

Mon Frére applaudit à ce beau dessein. Nous faisons faire les habits que vous voyez. Nous venons ici. Nous ne faisons pas semblant de connoître le faux Lélio. Votre Fils, qui jouë son personnage à ravir, a pris galamment la main de sa Cousine, & lui a dit fort spirituellement mille folies, dont elle a paru charmée.

Le MARQUIS.

Cela ne laisse pas d'être plaisant.

ARLEQUIN.

Oui, ma foi.

SPINETTE.

Oh! voici bien le meilleur! Ecoutez. Isabelle regardoit votre Fils de temps en temps, en poussant de longs soupirs, qui sembloient lui dire: Ah! gentil Egyptien, que n'êtes-vous Lélio?

Le MARQUIS, *riant.*

Ha, ha, ha! Je vais tout-à-l'heure en rire avec ma Niéce.

SPINETTE.

Donnez-vous en bien de garde. Il n'est pas encore temps de la détromper. Nous avons pour cela concerté un dénouement qui couronnera cette galante tromperie, & dont vous serez enchanté. Mais il faudroit, Seigneur, que vous eussiez la bonté de nous prêter la main.

Le MARQUIS.

Oüida. Vous n'avez qu'à dire. Que faut-il faire?

SPINETTE.

Vous allez embrasser votre chere Niece.

Le MARQUIS.

Bien entendu.

SPINETTE.

Vous trouverez avec elle mon Frére Clarin.

Le MARQUIS.

Hé-bien ?

SPINETTE.

Vous l'embrasserez aussi comme si c'étoit votre Fils.

Le MARQUIS.

Volontiers.

LELIO, *à part.*

Quelle imagination !

ARLEQUIN, *à part.*

Quelle femme !

SPINETTE.

Soutenez la feinte jusqu'à ce soir, & laissez-nous le soin du reste.

Le MARQUIS.

Je serai discret.

à Lélio.

Va, mon Fils, j'approuve ta galanterie. Tu tiens de moi. J'ai fait aussi dans ma jeunesse des choses.... Ha-ha!

SPINETTE.

Je le croirois bièn. Vous m'avez l'air d'avoir été un bon Compagnon.

Le MARQUIS.

Je vous en assure. Mais, chut. Ma Niéce vient.

SCENE XIX.

Les ACTEURS de la Scene précedente. ISABELLE, CLARIN.

ISABELLE.

Soyez le bien-venu, mon Oncle.

Le MARQUIS.

Que je vous embrasse, ma Niéce.

Pendant qu'Isabelle saluë son Oncle, Spinette dit deux mots à l'oreille de Clarin qui est entré d'un air intrigué.

Le MARQUIS, *embrassant Clarin, en riant.*

Bon-jour, mon Fils, bon-jour.

CLARIN.

Souffrez, mon Pére, que je vous témoigne mon agréable surprise.

ISABELLE, *au Marquis.*

Comment avez-vous pû vous dérober aux affaires qui vous attachent à la Cour?

Le MARQUIS.

Le Roi mon Maître m'envoye à la Cour de Florence. J'ai profité de l'occasion pour être à votre mariage. Hé-bien, Isabelle, (*montrant Clarin.*) Etes-vous contente de ce Garçon-là!

ISABELLE.

J'aurois grand tort de ne l'être pas.

Le MARQUIS.

Ces Egyptiens nous donneront ce soir une petite Farce de leur façon. Je m'attends à me bien divertir.

montrant Lélio.

Que dites-vous de ce Drôle-là?

SPINETTE, *bas au Marquis, le tirant par la (manche.*

Vous allez tout gâter.

Le MARQUIS, *bas à Spinette.*

Point, point. (*haut.*) Je crois qu'il ne fera pas mal son personnage.

ISABELLE.

Il a très-bon air.

SPINETTE, *bas au Marquis.*

Elle y a pris goût, comme vous voyez.

ARLEQUIN, *au Marquis.*

Il y aura tantôt bien des gens attrappez.

Le MARQUIS.

Allons, ma Niéce, allons nous entretenir dans votre Cabinet, pendant qu'ils prépareront leur fête.

SCENE XX.

SPINETTE, LE'LIO, ARLEQUIN, LAURE & Suite.

SPINETTE, *d'un air content.*

Que dites-vous de cela, Lélio ?

LE'LIO.

Je dis que tout vous est possible.

ARLEQUIN.

Vivent les femmes pour se tirer d'intrigue !

LE'LIO.

Mais quel sera donc le dénouement de cette Comedie ?

SPINETTE.

Ne vous mettez pas en peine. Nous avons une barque prête. Nous reviendrons ici à l'entrée de la nuit. Je trouverai le moyen d'écarter le Marquis. Pendant ce temps-là, mon Frere attirera Isabelle, sous prétexte de promenade, jusques sur le bord de la Mer. Nous l'enleverons, & prendrons le large dans le moment.

LE'LIO.

Enlever ma Cousine !

SPINETTE.

Vous faites encore des reflexions! Mort de ma vie ! Si vous me fâchez, je ferai aussi enlever votre Pere.

ARLEQUIN.

Ventrebleu !

SPINETTE.

Hâtons-nous, allons tout disposer ... Mais quel homme est-ce que je vois.

SCENE XXI.

SPINETTE, LE'LIO, ARLEQUIN, LAURE & Suite, un GARDE du Gouverneur.

Le GARDE, *à part.*

Bon. Les voici.

(il veut retourner sur ses pas.)

SPINETTE, *l'arrêtant.*

A qui en voulez-vous ?

Le GARDE.

A vous même. Le Gouverneur de cette Ville, qui vous cherche, est à la porte. Je vais l'avertir que vous êtes ici.

(*Il sort.*)

SCENE XXII.

SPINETTE, LELIO, ARLEQUIN, LAURE & Suite.

ARLEQUIN.

Hoïmé !

LAURE.

Ah !

SPINETTE.

Ô Ciel ! Serions-nous découverts ?

LELIO.

Qu'avez-vous, Spinette ? Quelle fâcheuse affaire... ?

SPINETTE.

Il y va de ma vie. Mais le sujet de ma crainte ne fera point rougir Lélio.

ARLEQUIN.

Au secours ! Au secours ! Nous allons tomber entre les griffes de la Justice.

SCENE XXIII.

Les ACTEURS de la Scene précédente. ISABELLE, le MARQUIS, CLARIN.

Le MARQUIS.

Qu'y a-t'il donc là ?

ARLEQUIN.

C'est le Gouverneur qui vient nous arrêter.

CLARIN, *à part.*

Je suis perdu !

Le MARQUIS.

Pour quelles raisons ?

ARLEQUIN, *se jettant aux pieds du Marquis.*

Seigneur, je vous demande grace. Je vais vous découvrir la méche.

Le MARQUIS.

Parle.

ARLEQUIN.

Le Seigneur Lélio s'est amouraché de cette Friponne-là, qui nous a obligé tous deux à prendre l'habit d'Egyptien; & nous devions nous en aller avec elle.

Le MARQUIS.

Qu'entends-je?

ISABELLE, *montrant Clarin.*

Quoi, ce n'est point là Lélio?

ARLEQUIN.

Non, Madame, c'est le Frére de cette bonne Piéce-là. Il a pris le nom de mon Maître, pour vous attraper.

Le MARQUIS, *en colére.*

On m'a joué moi-même! On me faisoit servir d'instrument à une pareille fourberie!

ARLEQUIN.

Oui, Seigneur. Le cœur me crevoit de voir qu'on vous prenoit pour une duppe.

Le MARQUIS, *à Lélio.*

Ah ! Fils indigne ! Tu voulois nous couvrir tous d'infamie, & livrer ta Cousine à un Scelerat qui ....

CLARIN, *fierement.*

Doucement. Vous ne savez pas à qui vous parlez.

Le MARQUIS.

Voyez son audace.

(*à Spinette.*)

Et toi, Malheureuse, qui as exigé de mon lâche Fils tant de bassesses, attens-toi ....

SPINETTE, *d'un air fier.*

Votre Fils, en m'aimant, n'a point commis de lâcheté.

Le MARQUIS.

L'Effrontée ! Je veux que ton châtiment égale ton insolence.

LELIO.

Seigneur, je ne souffrirai point qu'on la maltraite, ni qu'on l'emmene contre son gré.

Le MARQUIS.

Que voulez-vous faire ?

LE'LIO, *prenant Spinette par la main.*

La sauver. Malheur à qui viendra pour me l'arracher.

Le MARQUIS.

Quelle impudence !

LE'LIO.

Je veux du moins mourir en la défendant. Je vais délivrer mon Pere d'un Fils odieux, & satisfaire à ce que je dois à ma Maîtresse.

ARLEQUIN.

Ah ! voici le Gouverneur !

SCENE XXIV. & DERNIERE.

Les ACTEURS de la Scene précedente.
Le GOUVERNEUR.

Le GOUVERNEUR, *à Lélio.*

C'est apparemment vous qui êtes à la tête de ces Egyptiens.

LE'LIO.

De quoi s'agit-il ?

Le GOUVERNEUR.

J'ai ordre du Grand Duc de vous faire passer en Sicile, où vous êtes attendu.

SPINETTE, *à part.*

O Destin rigoureux !

CLARIN, *au Gouverneur.*

Seigneur, ce n'est point à ce Jeune-homme que vous devez vous adresser, c'est à moi. Je suis Alphonse ce Prince infortuné que vous cherchez.

ISABELLE.

Juste Ciel !

LE'LIO.

Que dit-il ?

Le MARQUIS.

Ho-ho !

CLARIN.

C'est envain que j'ai crû par ma fuite & mon déguisement dérober ma vie à la cruauté du Roi de Sicile ; il n'est pas content d'avoir fait mourir mon Pére, pour avoir été attaché au parti de Mainfroi; il demande encore ma tête. Il faut la lui porter.

Le GOUVERNEUR.

Non, Seigneur, je ne viens point vous annoncer une mauvaise nouvelle. Le Roi Roger ne vit plus; & le Prince Enrique Fils de Mainfroi lui a succedé.

SPINETTE.

Quel bonheur!

Le GOUVERNEUR.

Le nouveau Roi, qui vous aime, sachant que vous vous êtes sauvé avec la Princesse Mathilde votre Sœur, vous a fait chercher partout. Il a enfin découvert que vous étiez à Livourne avec de fidelles Domestiques tous déguisez en Egyptiens. Il en a écrit au Grand Duc, qui m'ordonne de vous offrir de sa part tous les secours dont vous pouvez avoir besoin pour vous rendre à Palerme.

Le MARQUIS, *à Clarin & à Spinette.*

Pardon, Seigneur, & vous Princesse; si, n'étant pas instruit....

CLARIN

CLARIN.

Vous ne pouviez traiter autrement deux personnes dont vous aviez si grand sujet de vous plaindre. Mais oublions le passé.

à Isabelle.

Charmante Isabelle, voulez-vous bien, en recevant ma foi, achever mon bonheur ?

ISABELLE.

Seigneur, la douleur que j'ai ressentie en apprenant que vous n'étiez point Lélio, doit vous répondre de la joye que j'ai de voir en vous le Prince Alphonse.

ARLEQUIN, *au Marquis.*

Nous n'étions pas faufilez avec des canailles, comme vous voyez.

SPINETTE.

Et vous, Lélio, qui étiez prêt à suivre une Egyptienne, refuserez-vous d'accompagner une Princesse ?

LÉLIO.

Ah ! Madame, l'amoureux Lélio peut-il présentement se flater que la Princesse Mathilde approuvera la tendresse de Spinette ?

SPINETTE.

N'en doutez pas. Et c'est beaucoup moins faire pour vous que vous ne vouliez faire pour moi.

ARLEQUIN.

Ma foi, nous sommes plus heureux que sages.

SPINETTE.

Avant que nous quittions nos habits d'Egyptiens, chantons, dansons, réjoüissons-nous.

ARLEQUIN.

Oüi, joüons de notre reste.

Les Egyptiens & les Egyptiennes font une danse qui est coupée par l'Air suivant.

Une EGYPTIENNE

AIR 151. (*De Mr. Mour.t.*)

Des Jeux & des Plaisirs notre Troupe est suivie!
Helas! peut-être qu'à la Cour,
Nous regréterons quelque jour
Tous les momens passez d'une si douce vie!

Ils reprennent la danse, qui est suivie de ce Vaudeville.

VAUDEVILLE.

AIR 151. (*De Mr. Mouret.*)

PREMIER COUPLET.

Un EGYPTIEN.

Nous disons la bonne-avanture,
Et la disons pour un douzain,
Trelin tin tin, trelin tin tin:
Mais nous prodiguons sans mesure
Toutes les faveurs du Destin,
Tin, tin, tin, tin,
A qui met l'or dans notre main.

CHOEUR.

Toutes les faveurs &c.

II. COUPLET.

Une EGYPTIENNE.

Gros Richards près de vos Maitresses
Vous ne soupirez pas envain,
Trelin, tin, tin, trelin tin, tin:
L'art de plaire est dans vos especes;
Réaliseurs, votre destin,
Tin, tin, tin, tin,
Est sûrement dans votre main.

CHOEUR.

Réaliseurs, &c.

III. COUPLET.

Une EGYPTIENNE.

Las de voir auprès d'une Belle
Votre soit toujours incertain,
Trelin, tin, tin, trelin, tin, tin,
Amans, vous quittez la Cruelle;
Cependant votre heureux destin,
Tin, tin, tin, tin,
Est quelquefois dans votre main.

CHOEUR.

Cependant &c.

IV. COUPLET.

ARLEQUIN, *au Parterre.*

Par bonheur la Piéce nouvelle
Vient d'arriver jusqu'à sa fin,
Trelin, tin, tin, trelin, tin, tin.
Le Parterre est-il content d'elle?
Apprenez-nous notre destin,
Tin, tin, tin, tin;
Il est, Messieurs, dans votre main.

CHOEUR.

Apprenez-nous &c.

FIN.

Bonard del F. Poilly f.

LA FOIRE DES FÉES.

Piéce d'un Acte.

Representée à la Foire de S. Laurent 1722. par les Comédiens Italiens de S. A. R. Monseigneur le Duc d'Orleans, Régent.

ACTEURS.

La FE'E DOYENNE.
La FE'E ARGENTINE.
La FE'E GRACIEUSE.
La FE'E SPIRITUELLE.
La FE'E COURAGEUSE.
La FE'E SAVANTE.
La FE'E AMPHIONNE.
TROUPE d'autres Fées.
M. CHEVILLARD, Poëte.
M. PLAIDANVILLE, Normand.
LOLOTTE, petite fille.
M. MILLIONI, Agioteur.
Mlle. de KERLUTIN, Bretonne.
Le CHEVALIER d'Adonisac, Gascon.
NIÇETTE, jeune Picarde.
ARLEQUIN, Amant de Violette.
PANTALON, Pére de Violette.
VIOLETTE.

La Scene est dans le Païs des Fées.

LA FOIRE DES FÉES.

LE Theâtre répresente une Solitude agréable.

SCENE PREMIERE.

La FE'E DOYENNE, les FE'ES ARGENTINE, GRACIEUSE, SPIRITUELLE, COURAGEUSE, SAVANTE, AMPHIONNE, & autres.

La FE'E DOYENNE.

Charmantes Fées mes chéres Compagnes, je vais vous apprendre pourquoi je vous fais assembler aujourd'hui dans ce beau séjour. Vous savez qu'on ne parle plus de nous dans le monde comme on en parloit du temps de ma Mére L'oyë.

La FE'E ARGENTINE.

Il est vrai qu'on ne fait plus mention de nous, que pour endormir les petits Enfans.

La FE'E DOYENNE.

Ho-bien, il faut, pour notre honneur, que nous fassions connoître aux hommes que nous joüissons toujours de notre puissance.

La FE'E ARGENTINE.

J'approuve ce dessein.

La FE'E DOYENNE.

Pour nous signaler par quelque chose de singulier, donnons une Foire qui dure un mois ; & distribuons pendant ce temps-là à tous les Peuples de la Terre les dons qu'ils viendront nous demander.

La FE'E ARGENTINE.

Nous verrons bientôt une belle cohuë. Toutes les Nations du Monde vont venir fondre ici.

La FE'E DOYENNE.

Nous y mettrons bon ordre. Chaque Peuple aura ſon jour.

La FE'E ARGENTINE.

On va nous préſenter bien des requêtes impertinentes.

La FE'E DOYENNE.

Néant ſur celles-là. Ecoutez, Meſdames. Gardons-nous de remplir des ſouhaits ou ridicules, ou dangereux ; au lieu de faire du bien aux hommes, ce ſeroit leur faire du mal.

La FE'E ARGENTINE.

Vous avez raiſon. Il ne faut même remplir qu'un de leurs ſouhaits.

La FE'E DOYENNE.

Fort bien. Commençons par les François. Faiſons afficher notre Foire par toute la France.

La FE'E ARGENTINE.

C'eſt bien dit. Qu'une douzaine de nos Fées ſe chargent de ce ſoin-là. Elles s'en acquitteront en moins d'une minute.

La FE'E DOYENNE.

Qu'il ſoit marqué dans les affiches que tous ceux qui ont à demander un don aux Fées, n'ont qu'à ſouhaiter de ſe trouver à notre Foire, ils y ſeront dans le moment.

La FE'E ARGENTINE.

Toutes les Foires n'ont pas cette commodité-là ; & cela ne ſera guére du goût des Fiacres.

La FE'E DOYENNE.

Je le crois. Ils aiment beaucoup mieux celle de S. Laurent.

Levant ſa baguette.

Allons, Fées ſubalternes, partez ; executez nos ordres. Et nous, changeons ces lieux ; qu'ils deviennent tout-à-coup une Foiré des plus ſuperbes.

Le Theâtre change, & repreſente pluſieurs Boutiques richement ornées, ſur leſquelles on lit en gros caracteres d'or : Beauté, Richeſſes, Eſprit, Science, Valeur, &c. *Les Fées Argentine, Gracieuſe, Spirituelle, Savante & Courageuſe vont ſe placer chacune dans ſa Boutique. Les Fées Doyenne, Amphionne & les autres reſtent.*

La FE'E DOYENNE.

Mes Compagnes, courez avec les autres Fées vous répandre dans tous les quartiers de cette Foire. Donnez-y audiance. Pour moi, je vais tenir la mienne dans celui-ci.

(Les Fées s'en vont, excepté Amphionne.)

SCENE II.

La FE'E DOYENNE, la FE'E AMPHIONNE.

La FE'E DOYENNE.

Vous, Fée Amphionne, faites l'ouverture de notre Foire ; & que le son de plusieurs instrumens accompagne votre voix.

On entend le bruit des Timbales, des Trompettes & des Haut-bois. Et la Fée Amphionne chante cette Cantate.

La FE'E AMPHIONNE.

CANTATE.

AIR 153. (*De Mr. Mouret.*)

RECITATIF.

Venez, rassemblez-vous, Chalands, la Foire est
bonne ;
Venez sans argent, tout s'y donne.

AIR.

Vous ne trouverez pas ici comme au Palais
Des Rubans & des Braſſelets ;
Les Boutiques des Fées
Sont bien mieux étoffées.
On y débite la Beauté,
Le Courage, l'Eſprit, les Tréſors, la Santé.
Les préſens de notre puiſſance
Vont quelquefois plus loin que la témerité
De la plus avide eſpérance.

ARIETTE.

Nous ſavons fixer les beaux jours
Et les attraits de la Jeuneſſe :
Nous faiſons voler les Amours
Sur les traces de la Vieilleſſe.
Nous rendons les Maris contens ;
Ce qui n'eſt pas facile à faire :
Nous ſervons les Amans conſtans ;
Ce ſoin ne nous fatigue guére.
Nous ſavons fixer les beaux jours
Et les attraits de la Jeuneſſe :
Nous faiſons voler les Amours
Sur les traces de la Vieilleſſe.

Amphionne ſe retire. Un Poëte s'avance.

SCENE III.

La FE'E DOYENNE, M. CHEVILLARD, Poëte.

La FE'E.

Bon. Nos affiches opérent déjà.

M. CHEVILLARD.

Grande Fée, daignez recevoir les respects d'un Nourrisson du Parnasse.

La FE'E, *à part.*

Un Poëte ! Parbleu, nous voilà bien étrennées !

M. CHEVILLARD.

Je suis l'infortuné Poëte Chevillard, qui vient frapper vos charitables oreilles du son douleureux de ses justes plaintes.

La FE'E.

Dites-moi laconiquement de quoi vous vous plaignez.

M. CHEVILLARD.

Du Public premierement.

La FE'E.

Vous le trouvez de mauvais goût, apparemment.

M. CHEVILLARD.

Il n'a pas le ſens commun.

La FE'E.

C'eſt-à-dire qu'il ne goûte point ce que vous faites.

M. CHEVILLARD.

Vous l'avez dit. Il s'eſt laiſſé gâter par certains Originaux qui l'amuſent avec des Piéces miſérables.

La FE'E.

Monſieur Chevillard, ne jugez-vous point du goût du Public comme un homme qui deſcend la riviere dans un bateau juge du rivage ? Il lui ſemble que le rivage s'éloigne de lui, & c'eſt lui qui s'éloigne du rivage.

M. CHEVILLARD.

Non, non. Tout ce que je compoſe eſt divin. Vous en allez juger vous-même.

Il tire de ſa poche un paquet de papiers.

La FE'E.

Que prétendez-vous faire ?

M. CHEVILLARD.

Je veux vous lire les *Lettres Portugaises* que j'ai mises en vers françois.

La FE'E.

Quartier, s'il vous plaît! Je m'en rapporte bien à vous ; je crois votre poësie admirable.

M. CHEVILLARD.

Ha-ha ! Le miel n'est pas plus doux.

La FE'E.

Ne perdons point de temps, Monsieur l'Auteur. Que me demandez-vous ?

M. CHEVILLARD.

Ce que je devrois avoir, si le Siécle moins ignorant rendoit plus de justice au mérite.

La FE'E.

Vous souhaitez des richesses.

M. CHEVILLARD.

Justement.

La FE'E.

Il faut vous contenter, Monsieur le Rimeur, & vous consoler du mépris des Lecteurs.

M. CHEVILLARD.

Vous avez trop de bonté.

La FE'E, *le conduisant à la Boutique des richesses.*

Fée Argentine, comblez de biens ce *Virtuose.*

M. CHEVILLARD.

Quelle generosité!

La Fée Argentine le touche de sa baguette.

La FE'E DOYENNE.

Allez, Monsieur Chevillard, vous êtes riche à jamais. Par la vertu de la baguette qui vous a touché, il se trouvera dans votre poche une pistole à chaque cheville que vous mettrez dans vos vers.

M. CHEVILLARD, *s'en allant.*

Je serai bientôt à mon aise.

SCENE IV.

La FE'E DOYENNE, M. PLAIDANVILLE, Normand.

La FE'E.

Voyons ce que nous veut cet aimable petit Gentilhomme ?

M. PLAIDANVILLE.

N'est-che pas devant une Fée que j'ai l'honneux de comparoître ? Est-che vous, ma douche Dame, qui tenez ici l'audinnche ?

La FE'E, *à part.*

Ah ! c'est un Normand ! Autre Original.

M. PLAIDANVILLE.

Encore une fey, déclarez-mey si v'z êtes une Fée : Répondez à ma soummation.

La FE'E.

Il ne faut pas vous demander si vous êtes du pays de Falaise.

M. PLAIDANVILLE.

Dianche ! on voit ben que v'z êtes

Fée, puiſque vz'avez deviné tout du premier coup que je ſuis de Fâléſe.

La FE'E.

Effectivement, il faut être Fée pour deviner cela.

M. PLAIDANVILLE.

Devineriez-vous ben z'auſſi que je m'appelle Pglaidanville ?

La FE'E.

Sans difficulté. Je devine même à votre air que vous êtes friand de procedure.

M. PLAIDANVILLE.

Guiêble z'emporte trippes z'et boudins, ſi v'n'avez mis le nez deſſus. J'ai fait gagner en mâ vie plus de chinquante mille écus à la Ferme du papier timbré.

La FE'E.

Bonne pratique! Il faut qu'il y ait longtemps que vous plaidiez.

M. PLAIDANVILLE.

Il y a quarante bounnes z'années.

La FE'E.

Plaider quarante ans ! Vous devriez être bien saou de procez.

M. PLAIDANVILLE.

Au contraire, çà n'a fait que m'affriôller. Quand on pglaide, lz'années passent comme dz'éclairs.

La FE'E.

Dans sa peau mourra le Renard. Vous allez encore bien employer du papier timbré.

M. PLAIDANVILLE.

Je le voudrois ben ; mais la cheville ouvriere me manque.

La FE'E.

L'argent, aparemment ?

M. PLAIDANVILLE.

Oh ! que vous n'y êtes pas !

La FE'E.

Qu'appellez-vous donc la cheville ouvriere ?

M. PLAIDANVILLE.

J'ai perdu depuis peu un brave Garçon natif de Domfront. Ch'étoit man bras drait. Ch'est li qui m'a fait gagner la terre de Chidranville.

La FE'E.

Ce brave Garçon, sans doute, étoit un habile Procureur.

M. PLAIDANVILLE.

Ce n'étoit pas là san mêtier.

La FE'E.

Qu'étoit-il donc?

M. PLAIDANVILLE.

Tiltrier.

La FE'E.

Tiltrier!

M. PLAIDANVILLE.

Vére.

La FE'E.

Voilà une profession qui n'est pas de ma connoissance. C'est une invention Normande.

M. PLAIDANVILLE.

Un Tiltrier est un houmme qui sait imiter toutes sortes d'écritures ; & qui, moyennant finanche, vous fabrique des tiltres suivant vos bêsoins.

La FE'E.

Peste ! vous avez raison de regréter votre Tiltrier.

M. PLAIDANVILLE.

Ah ! qu'il en savoit long ! Il faisoit la barbe à tous lz'aûtres. C'étoit un vrai singe. Il n'y avoit pâraphe, seing, ni grille de Nôtaire qu'il ne contrefît.

La FE'E.

Mais sa perte est-elle irréparable ? Ce Tiltrier-là étoit-il le Phœnix de Normandie ?

M. PLAIDANVILLE.

Il en restoit ençore d'aûtres, mais il y a eu ces jours passez une grande mortalité sur les Tiltriers & sur les Têmoins.

La FE'E.

Cela est désolant.

M. PLAIDANVILLE.

Vous pourriez ben m'ôter de peine, en me bâillant le don de contrefaire lz'écritures. Il y auroit un biau coup à faire pour mey.

La FE'E.

Quel coup ?

M. PLAIDANVILLE.

Man Biau-frére me demande le poîment d'un billet de trois mille francs, & je li ferois mey-même sa quittanche.

La FE'E.

Fort bien. Vous voudriez friponner votre Beau-frére.

M. PLAIDANVILLE.

Pardonnez-mey ; car il a fait faire le billet par un Faûssaire, qui a contrefait man écriture.

La FE'E.

Les honnêtes-gens !

M. PLAIDANVILLE.

Vous voyez ben que je ne veux que la justice.

La FE'E.

Vous nous croyez donc d'humeur à favoriser vos espiégleries contre la probité ?

M. PLAIDANVILLE.

Honni soit qui mal y pense. Je ne me servirai de ce don-là qu'en me défendant.

La FE'E.

J'en doute.

M. PLAIDANVILLE.

Donnez'au guiêble si je fais de faûsseté que quand on m'en fera.

La FE'E.

Mais, Malheureux que vous êtes, que ne demandez-vous plutôt de l'argent pour retirer votre faux-billet ?

M. PLAIDANVILLE.

Ce qui me tient, ce n'est pas l'argent qu'il me faut bâiller à man Biaufrére, c'est qu'il se gaûssera ben de mey de m'avoir assuré.

La FE'E.

Hé-bien, je veux te sauver de ses plaiſanteries. Je vais d'un coup de baguette lui arracher le billet.

Elle fait quelques geſtes de Fée, & le billet tombe des airs.

Tien, le voilà.

M. PLAIDANVILLE, *aprés l'avoir ramaſſé.*

Vére, mâ fey, c'eſt li-même.

La FE'E.

Va-t-en. Et prends garde d'être hauſſé.

M. PLAIDANVILLE, *en s'en allant.*

Ah ! damné Biau-frére, tu me tenois ; mais je te tiens ! C'eſt tey qui ſeras ben gaûſſé.

SCENE V.

La FE'E, LOLOTTE, petite-fille.

LOLOTTE, *à part, regardant de tous côtez.*

Ah ! M'y voici déjà !

La FE'E.

Eh ! ma Poulette, par quelle avanture êtes-vous dans ces lieux ?

LOLOTTE

LOLOTTE.

En allant chez ma Marraine, j'ai vû des gens qui lisoient une affiche. Je suis un peu curieuse. J'ai demandé ce que c'étoit. On me l'a appris ; & aussitôt j'ai dit en moi-même : Mondieu ! que je voudrois bien voir cette belle Foire des Fées ! Et dans le moment, crac, je me trouve ici.

La FE'E.

Voilà votre curiosité satisfaite. Vous voyez notre Foire. Regardez dans toutes ces boutiques. N'y a-t-il rien qui vous accommode ?

LOLOTTE.

Quand j'y verrois quelque chose qui me plairoit, je serois bien attrapée ; car je n'ai point d'argent.

La FE'E.

L'argent n'est point ici nécessaire pour faire des emplettes ; tout s'y donne gratis ; on n'a qu'à souhaiter.

LOLOTTE.

Ah ! que j'en suis aise !

La FE'E.

Voulez-vous du Croquet, des Ratons?

LOLOTTE.

Fi donc ! Eſt-ce que votre Foire eſt comme celle de S. Laurent ? Oh ! je ne viens point ici chercher des gâteaux & des dragées.

La FE'E.

Vous cherchez peut-être de belles Poupées ?

LOLOTTE.

Encore moins. Il y a plus d'un an que je ne m'amuſe plus à ces badineries-là.

La FE'E.

Nondà ? Eh ! quelle marchandiſe demanderiez-vous donc, s'il vous plaît ?

LOLOTTE.

Ma Mie m'a conté cent fois que les Fées ont fait des dons à des filles ; je voudrois que vous m'en fiſſiez un.

La FE'E.

Vous n'avez qu'à parler.

LOLOTTE.

Je voudrois une choſe.

La F E'E.

Quoi ?

LOLOTTE.

Oh ! mais, c'est une chose bien difficile ! bien difficile !

La F E'E.

Voyons.

LOLOTTE.

Je voudrois tout d'un coup devenir grande comme ma Sœur Angélique.

La F E'E.

Peut-on savoir pourquoi vous avez cette envie-là ?

LOLOTTE.

Oh, dame ! c'est que je sens bien qu'il y a plus de plaisir à être grande que petite.

La F E'E.

Qui vous fait sentir cela ?

LOLOTTE.

Je ne sais combien de choses que je vois tous les jours.

La F E'E.

Mais encore ?

LOLOTTE.

Premiérement. C'est que tout le monde au logis m'appelle petite fille.

La FE'E.

Quelle injure !

LOLOTTE.

Quand il y a de la compagnie chez nous, dès que je veux parler, on me dit d'abord : Taisez-vous petite fille.

La FE'E.

Cela est mal-honnête.

LOLOTTE.

Quand ma Bonne & ma Sœur vont en visite, elles me disent en sortant : Soyez bien sage, petite fille.

La FE'E.

C'est à elles qu'il faudroit dire cela.

LOLOTTE.

Et puis le soir, quand elles sont revenuës, elles grondent ma Mie : Comment donc, Françoise ? Voilà Lolotte ! Cette petite fille-là n'est pas encore couchée !

La FE'E.

Oüais ! Voilà une Mére & une Sœur qui vous persécutent bien.

LOLOTTE.

Vraîment, vous n'y êtes pas ! Il vient chez nous de jolis Messieurs ; & quand ils veulent me parler, ma Sœur aussitôt les tire par le bras en leur disant : En verité, vous êtes plus enfant qu'elle. Laissez-là cette petite Morveuse.

La FE'E.

Ces Messieurs, sans doute, font les doux yeux à Mademoiselle Angelique ?

LOLOTTE.

Et à ma Bonne aussi.

La FE'E.

C'est le droit de Mére.

LOLOTTE.

Ils se mettent à genoux devant ma Bonne & devant ma Sœur ; ils leur disent qu'ils languissent pour elles ; qu'ils vont mourir, si elles n'ont pitié d'eux.

LA FE'E.

Et en ont-elles pitié ?

LOLOTTE.

Je n'en sais rien ; parce qu'on me renvoye toûjours joüer avec ma Mie : Mais je sais bien qu'ils ne meurent pas ; car ils reviennent dès le lendemain.

LA FE'E, *à part.*

La bonne Ecole que cette maison-là ! (*haut*) Vous voudriez donc, Lolotte, être grande, pour avoir aussi des Messieurs à vos genoux ?

LOLOTTE.

Helas ! oüi.

LA FE'E.

Vous prendriez plaisir à vous entendre conter des douceurs ?

LOLOTTE.

J'en serois ravie !

LA FE'E, *à part.*

Malepeste ! Voilà d'heureuses dispositions ! (*haut*) Çà, ma Mignonne, il faut vous contenter. Tenez. Vous voyez bien là-bas cette boutique ornée de pavots. Entrez-y. Vous serez grande, lorsque vous en sortirez.

LOLOTTE, *faisant la révérence.*

Que je vous suis obligée !

SCENE VI.

La FE'E, *seule.*

La pauvre Enfant ! J'en ai pitié. Le mauvais exemple qu'on lui donne dans sa famille la perdroit indubitablement. Elle va dans la boutique du *Sommeil*, où elle s'endormira pour quelques années. Après quoi, je la renverrai avec une bonne dose de sagesse. Pendant ce temps-là, une Fée prendra sa figure, & la représentera chez elle.

SCENE VII.

La FE'E, le CHEVALIER d'ADONISAC, Gascon.

Le CHEVALIER.

Eh, donc ? charmante Fée ! Je vous attrappe enfin. Cadedis ! je grillois de vous faire mes complimens.

La FE'E, *à part*,

Ce Gascon débute par des civilitez, il fera des demandes exorbitantes.

Le CHEVALIER.

Vous voyez, ma Bonne, le Chevalier d'Adonisac, cet Enfant gâté que vous connoissez dès le berceau.

La FE'E.

N'est-il pas vrai qu'à cause de l'ancienne connoissance, je serai obligée de vous faire un don considérable? Je soupçonne que vous venez me demander d'être heureux au jeu.

Le CHEVALIER.

Hé, fi donc! Je n'attends pas après vous pour cela.

La FE'E.

Les cartes & les dez en ûsent donc bien avec vous?

Le CHEVALIER.

On ne peut pas mieux. La Fortune me suit comme un Barbet; je la méne en lesse.

La FE'E.

Vous la contraignez à vous suivre.

Le CHEVALIER.

Hé! mais, quand je déconfis une douzaine de Joüeûrs au Lansquenet, il n'est pas probable que je laisse à la Fortune toute la gloire dû triomphe.

La FE'E.

Il est beau de ne pas devoir ses Conquêtes au hazard. Puisque le Jeu vous est si favorable, vous n'êtes pas aparemment heureux en amour? Vous venez nous implorer contre la rigueur des Belles.

Le CHEVALIER.

La rigueûr des Belles! Sandis! vous me faites rire. La plus cruelle ne peut tenir un quart d'heûre devant moi.

La FE'E.

Vous ne vous amusez pas à faire des Romans.

Le CHEVALIER.

Non, diou me damne. Je n'en ai pas commencé un seûl, mais j'en ai bien fini un quarteron.

La FE'E.

Vous gagnez au jeu, vous triomphez près des Dames; que vous faut-il donc?

(*d'un ton plus bas.*)

Entre nous, ne viendriez-vous pas demander des armes enchantées? des armes à l'épreuve de l'épée & du pistolet?

Le CHEVALIER.

Je n'en ai pas besoin. J'ai mis ma valeûr sur un pié, qu'on ne m'attaque plus.

La FE'E.

Apprenez-moi donc ce qui peut vous amener à la Foire des Fées.

Le CHEVALIER.

La reconnoissance.

La FE'E.

La reconnoissance !

Le CHEVALIER.

Oüi. Je viens remercier les Fées de toutes les perfections qu'elles m'ont données. Il faut absolument qu'elles se soient cotisées pour composer mon mérite. Je ne puis avoir été formé que par les Fées ; la Nature m'auroit raté.

La FE'E.

Vraîment, je ne savois pas toutes les obligations que vous nous avez.

Le CHEVALIER.

Les Cœurs généreûx oublient leurs bienfaits.

La FE'E.

Je me garderai bien de vous offrir quelque chose du nôtre, votre amour propre vous a tout donné.

Le CHEVALIER.

Je ne vous demande que la liberté d'aller causer avec vos jolies Marchandes.

La FE'E.

Allez. Il vaut autant que vous perdiez ici votre tems qu'ailleurs.

SCENE VIII.

La FE'E, Mlle. de KERLUTIN, Bretonne.

Mlle. de KERLUTIN, *à part.*

Amour, ô Amour! A quoi me réduis-tu? Faut-il que je sois obligée d'avoir recours à la protection des Fées, lorsque je suis soumise à ton Empire? Et ne puis-je ramener un Inconstant que par des charmes magiques?

La FE'E, *à part.*

Ce n'est pas là un Monologue d'amour à la mode.

Mlle. de KERLUTIN, *à part.*

J'apperçois une Fée, je vais implorer son appui.

à la Fée.

Illustre Fée, vous voyez une Amante fidelle qui vient se plaindre à vous de sa malheureuse destinée.

La FE'E.

Vous êtes une Amante fidelle ! De quel pays venez-vous ?

Mlle. de KERLUTIN.

De Basse-Bretagne. Je suis de Quinpercorentin, l'unique héritiére de l'ancienne & riche Maison de Kerlutin.

La FE'E.

Vous ne devez pas manquer d'Amans.

Mlle. de KERLUTIN.

Voici mon histoire. Parmi un grand nombre d'Adorateurs que j'avois, un Officier de Marine s'attira mon attention. Il m'offrit sa foi, & je lui donnai la mienne.

La FE'E.

Le troc est naturel.

Mlle. de KERLUTIN.

Je m'abandonnai pour mon malheur à toute ma passion.

La FE'E, *à part.*

Ahi, ahi, ahi !

Mlle. de KERLUTIN.

Je dis pour mon malheur, puisque l'excez de mon amour n'a servi qu'à faire un Volage.

La FE'E.

Cela ne me surprend point.

Mlle. de KERLUTIN.

Pourquoi ?

La FE'E.

Vous ne connoissez donc pas les hommes ? De trente à qui une fille marque trop de tendresse, il y en a vingt-neuf pour le moins qui deviennent inconstans.

Mlle. de KERLUTIN.

Je vous proteste pourtant que je n'ai rien negligé pour conserver le cœur de mon Ingrat.

La FE'E, *riant.*

Ha, ha, ha! Que les filles sont duppes!

Mlle. de KERLUTIN.

D'où viennent ces ris?

La FE'E.

Apprenez Mademoiselle de Quinpercorentin, qu'un Amant est un Chien gourmand, qui vient vous flater, pour avoir un morceau que vous tenez. L'a-t-il attrapé? il court encore.

Mlle. de KERLUTIN, *émuë.*

Comment l'entendez-vous, s'il vous plaît?

La FE'E.

Comme je le dois. Vous avez eu pour votre Officier de Marine de certaines bontez, qui....

Mlle. de KERLUTIN, *en colere.*

Qu'appellez-vous des bontez? Je vous trouve bien hardie, Madame la Fée, de soupçonner ma vertu. Par la mort diable! si vous n'étiez pas Fée, je vous étranglerois. Des bontez!

La F E'E.

Ne vous emportez pas, Mademoiselle de Kerlutin.

Mlle. de KERLUTIN.

Je suis bien une fille à bontez! Têtebleu! un homme seroit bien venu de me laisser seulement entrevoir quelque espérance d'avoir des faveurs! Je prendrois un pistolet, & je lui brûlerois la cervelle.

La F E'E.

Quelle vertu enragée!

Mlle. de KERLUTIN.

Vous ne m'apprenez rien de nouveau: Je n'ignore pas qu'un Amant se lasse d'être heureux; & cette considération suffiroit pour me retenir dans mon devoir.

La F E'E.

Qui peut donc avoir écarté de vous l'Amant dont vous vous plaignez?

Mlle. de KERLUTIN.

Ce qui rend les autres constans, mes rigueurs.

La F E'E.

Vous m'étonnez.

Mlle. de KERLUTIN.

La derniére fois que je l'ai vû, comme il vint un quart d'heure plus tard qu'il ne devoit, je lui appliquai deux bons soufflets, & lui donnai quatre ou cinq coups de pié dans le ventre.

La FE'E.

Et vous appellez cela vos rigueurs ?

Mlle. de KERLUTIN.

Il voulut raisonner, je lui jettai un flambeau à la tête.

La FE'E.

Tudieu !

Mlle. de KERLUTIN.

Il se retira brusquement. Depuis ce tems-là je n'en ai point entendu parler.

La FE'E.

C'est se rebuter pour peu de chose. Un Officier doit être accoutumé aux coups.

Mlle. de KERLUTIN.

Voilà un Amant bien épris ! Ne devoit-il pas voir tout ce qu'il y avoit de favorable pour lui dans mon emportement ?

La FE'E.

Sans doute. Il devoit s'en faire honneur.

Mlle. de KERLUTIN.

Mais admirez, je vous prie, le caprice de cet Animal-là. Huit jours auparavant, pour avoir soûri à une jeune Dame, je lui cassai sur le visage une paire de pincettes; & il n'en fit que rire.

La FE'E.

Il étoit raisonnable ce jour-là.

Mlle. de KERLUTIN.

Et il s'avise après de se fâcher pour un rien.

La FE'E.

Fi! C'est un Esprit inégal que ce Drôle-là.

Mlle. de KERLUTIN.

Ah! qu'il ne ressemble pas à ce pauvre Chevalier de Kerbenais, que j'ai aimé avant lui! C'étoit un Garçon tout aimable, & ce qu'on appelle un véritable Amant. Il avoit pour moi une complaisance.... Pendant trois ans qu'il m'a rendu des soins, sa patience ne s'est point démentie; je l'ai roüé de coups jusqu'au dernier moment de sa vie.

La FE'E.

Votre Officier de Marine aura entendu conter l'histoire tragique du Chevalier de Kerbenais.

Mlle. de KERLUTIN.

Généreuse Fée, je vous conjure de m'accorder un don.

La FE'E.

Que demandez-vous ?

Mlle. KERLUTIN.

Que mon Amant revienne à moi plus amoureux que jamais.

La FE'E.

Vous voulez l'achever, n'est-ce pas ?

Mlle. de KERLUTIN.

Au contraire; je me repents de l'avoir maltraité; je me reproche ma violence, & je suis bien résoluë de m'en corriger.

La FE'E.

Il y a peu de fonds à faire sur votre résolution, si les Fées n'y mettent la main. Tenez. Suivez cette allée. Vous trouverez au bout la Fée Dulcinée qui vous donnera de la douceur. C'est ce qu'il vous faut pour rappeller votre Amant, & le conserver.

SCENE IX.

La FE'E, M. MILLIONI, Agioteur.

M. MILLIONI.

Salut à Madame la Fée.

La FE'E.

Qui êtes vous, mon Ami ?

M. MILLIONI.

Je ne suis plus ce que j'étois, & cependant j'ai toûjours été ce que je suis.

La FE'E.

Expliquez-moi cette Enigme.

M. MILLIONI.

J'étois riche, je ne le suis plus ; & j'ai pourtant dans ma fortune conservé le caractére de ma profession.

La FE'E.

Quelle étoit votre profession ?

M. MILLIONI.

Un Poëte à ma place vous diroit effrontément qu'il étoit du métier du Soleil, puisque j'avois comme lui un Char à conduire.

La FE'E.

Vous êtiez Fiacre.

M. MILLIONI.

A votre service. Et Millioni est mon nom.

La FE'E.

C'est-à-dire que vous êtes un Champignon de la ruë Quinquempoix.

M. MILLIONI.

O l'heureux tems que vous me rappellez ! Alors, on desertoit tous les quartiers de Paris, pour se rendre dans cette Ruë celebre. Les Procureurs quittoient le Châtelet, & la Veuve & l'Orphelin étoient tranquiles : Les Medecins abandonnoient les Malades, & les Malades guérissoient: Les Poëtes négligeoient l'Opéra, & l'Opéra ne s'en trouvoit que mieux.

La FE'E.

Cela est vrai.

M. MILLIONI.

Nous étions un tas de nouveaux Riches, qui composoient un Monde à part. Nous vûidions les Magazins : Nous nous emparions des Châteaux ; & nous enlevions au Public les Beautez vagabondes, pour partager avec elles notre prosperité.

La FE'E.

Vous regrétez bien ce tems-là, n'est-il pas vrai ?

M. MILLIONI.

J'en suis inconsolable ! Et ma perte est certaine, si les Fées n'ont pitié de moi.

La FE'E.

Que voulez-vous qu'elles fassent ?

M. MILLIONI.

Qu'elles me dédommagent des Millions que m'ont ôté certaines gens, qui ont voulu savoir d'où ils me venoient.

La FE'E.

Vous avez donc affaire à des gens bien curieux ?

M. MILLIONI.

Je vous en réponds. Comment diable ! ils rémontent à la source de tout ! Oh, dame ! cela ne nous accommode pas nous autres. Nos richesses nous ressemblent, elles sont sans origine.

La F E'E.

Mais comment un Fiacre a-t-il pû devenir si riche ?

M. MILLIONI.

Je vais vous le dire. Une nuit, après avoir ramené du Pont-aux-choux deux Actionnaires avec deux grosses Réjoüies, je trouvai dans mon Carosse un porte-feüille enflé d'Effets. Dès le lendemain, zeste, je disparûs du Zodiaque du quai des Augustins ; je pris un habit magnifique, & je devins un fameux Négociant.

La F E'E.

Çà, M. Millioni, voyons ce que vous demandez.

M. MILLIONI.

Je suis modéré. Mes disgraces m'ont rendu sobre sur les biens de la Fortune. Je ne veux que vivre simplement.

La F E'E.

J'aime en vous ce retour de sagesse.

M. MILLIONI.

Ainſi, grande Fée, je ne vous demande qu'une piſtole.

La FE'E.

Quelle modération !

M. MILLIONI.

Pourvû que cette piſtole, dès que je l'aurai dépensée, r'entre auſſitôt dans ma poche.

La FE'E.

Nous ne nous entendions pas. Peſte ! vous demandez la piſtole volante !

M. MILLIONI.

C'eſt cela même.

La FE'E.

Oh ! apprenez, Monſieur le Coquin, que nous ſommes des Fées de bien & d'honneur. Nous n'avons rien à donner aux fripons. Sors d'ici, Miſérable. Va reprendre ton premier métier.

M. MILLIONI.

Quoi ? je m'en irai ſans emporter aucun don des Fées !

La FE'E.

Hé-bien, je t'en veux faire un qui te sera fort avantageux. Tien. (*le frappant de sa baguette*) Par la vertu de ma baguette, je t'endurcis la peau : Je te rends aussi insensible aux coups de canne, que tes chevaux le sont aux coups de foüet.

M. MILLIONI, *s'en allant.*

Cela n'est pas à dédaigner pour un Fiacre. Que je vais insulter d'Officiers !

SCENE X.

La FE'E, NICETTE, Picarde.

La FE'E, *à part.*

De quelle Nation peut être cette jeune Païsane ? Je ne puis croire que ce soit une Françoise.

haut à Nicette.

Approchez, la belle Enfant. Dites-moi votre nom & votre païs.

NICETTE.

Madame, je m'appelle Nicette, & je suis Françoise.

La FE'E.

La FE'E.

Françoiſe ! Cela ne ſe peut pas. Vous avez l'air trop Agnès.

NICETTE.

Je ne ſuis pas menteuſe. Je ſuis née dans le voiſinage d'Amiens.

La FE'E.

Ah ! vous êtes Françoiſe de Picardie ! Je ne dis plus rien. Un air de pudeur n'eſt pas incompatible avec des attraits Picards.

NICETTE.

Eſt-ce à vous, Madame la Fée, qu'il faut m'adreſſer pour obtenir une choſe que je voudrois bien avoir ?

La FE'E.

Oüi. Je ſuis la Fée Doyenne. Si je ne puis vous accorder moi-même ce que vous déſirez, je vous le ferai donner par une autre. Qu'y a-t-il pour votre ſervice ?

NICETTE.

Il me faudroit.....

La FE'E.

Achevez.

NICETTE.

Je n'ôse vous le dire.

La FE'E.

Parlez-moi librement. Il n'y a point ici d'homme qui nous écoute.

NICETTE.

Je suis bien honteuse d'être aussi sotte que je le suis. Vous me feriez grand plaisir de m'ôter ma simplicité.

La FE'E.

Quoi, Nicette, vous voulez perdre votre innocence ?

NICETTE.

Hé! vraîment, oüi.

La FE'E.

D'où vient donc ?

NICETTE.

On dit que cela s'appelle bêtise.

La FE'E.

Qui est-ce qui vous dit cela ?

NICETTE.

C'est Marton, la fille de Chambre

d'une grande Madame qui a acheté la Seigneurie de notre Village.

La FE'E.

Cette Marton - là définit l'innocence à la Parisienne.

NICETTE.

Oh! c'est une fille qui a bien de l'esprit! Elle se moque toûjours de moi : Elle dit comme cela que si les Fées ne s'en mêlent, je ne serai jamais qu'une Imbécile.

La FE'E.

Elle pourroit vous dégourdir aussi bien que les Fées.

NICETTE.

Il faut voir comme elle donne à chacun son quolibet. Aussi, depuis qu'elle est dans notre Village, tous les Garçons courent après elle.

La FE'E.

Oüi?

NICETTE.

Ils ne nous regardent plus, nous autres Païsannes. Ils disent que nous sommes des Idiotes & des Ridicules. Et il ne se fait plus de mariages au païs.

La FE'E.

Voyez-vous, la Drôlesse !

NICETTE.

Il n'y a pas jusqu'à Colin qui m'aimoit tant, & qui m'avoit promis de m'épouser.... (*Elle pleure.*)

La FE'E.

Hé-bien, ce Colin.... ?

NICETTE.

Il ne m'aime plus à cette heure. Dès qu'il me voit d'un côté, il s'enfuit de l'autre. Il n'a dans la tête que la Parisienne. Enfin, tant-y-a, on diroit que cette Créature-là l'a ensorcelé.

La FE'E.

Rien n'est plus mortifiant. Et vous voudriez vous venger de Colin ?

NICETTE.

Assûrément. Et je veux pour cela que vous me fassiez devenir Coquette ; car j'ai oüi dire à Marton que la Coqueterie est la plus jolie science qu'une fille puisse apprendre.

La FE'E.

Chacun eſt entêté de ſon ſavoir.

NICETTE.

Elle dit encore que les Coquettes ſont adorées à Paris.

La FE'E.

Elles y ſont aſſez couruës, du moins.

NICETTE.

Et quelles ne manquent jamais d'argent.

La FE'E.

Diſtinguo. L'argent roule chez les Coquettes philoſophes, qui s'occupent sérieuſement à des ſciences ſolides, comme à l'Anatomie, en diſséquant piéce à piéce un Cochon de la Finance : Mais la Fortune fuit ces Coquettes ignorantes, qui s'amuſent à la ſuperficie d'un Petit-maître.

NICETTE.

Quel dommage! Cela eſt pourtant bien gentil, un Petit-maître.

La FE'E.

Eſt-ce qu'on voit de ces Animaux-là dans la banlieuë d'Amiens?

NICETTE.

Marton m'en a montré un, qui passoit en poste par notre Village. Je l'examinai dans sa Chaise, pendant qu'on lui changeoit de chevaux. Ah! qu'il étoit mignon! Je le prenois d'abord pour une grande Poupée qu'on envoyoit en Flandres. Il avoit du rouge & des mouches.

La FE'E.

Courir la poste avec du rouge & des mouches! Cela est galand. Vous demandez donc, Nicette, le don de Coqueterie?

NICETTE.

Oiii, donnez-le-moi, je vous en prie. Je m'imagine qu'après cela je n'aurai plus rien à souhaiter.

La FE'E.

Vous pourriez l'avoir bientôt sans notre assistance, puisque vous le désirez. Vous n'auriez qu'à faire le voyage de Paris.

NICETTE.

Est-il possible?

La FE'E.

Et vous loger dans le quartier de l'Opéra.

NICETTE.

Ce quartier-là est donc bien charmant?

La FE'E.

C'est une Isle de Cythére. Il y a là une Colonie de Fées bâtardes qui font des métamorphoses aussi promptement que nous. Elles changent la serge en velours, la Bergame en Haute-lice, & les diamans du Temple en diamans fins.

NICETTE.

Vous me donnez envie de les voir. Me recevront-elles bien ?

La FE'E.

Les Doyennes vous feront un accueil favorable, & se chargeront volontiers de votre éducation.

NICETTE.

Que j'ai d'impatience d'être entre leurs mains !

La FE'E.

Ah ! pauvre Nicette, que vous savez mal choisir ! Ces fleurs, qui vous font envie, couvrent un funeste précipice, où vous tomberez, si vous les allez cueillir.

NICETTE, *effrayée.*

Que dites-vous ? Un précipice !

La FE'E.

Vous devez préférer à ces faux biens votre honneur & votre innocence, qui sont de véritables richesses. Croyez-moi. Retournez dans votre Village, & aimez toujours Colin.

Elle lui donne un coup de baguette.)

NICETTE.

Ah ! Quel changement se fait en moi ! Que j'ai à présent d'horreur pour la Coqueterie ! Marton, dont l'esprit me charmoit, ne me paroît plus qu'une Effrontée. Pourquoi faut-il que Colin l'aime ?

La FE'E.

Colin ne l'aime plus. Et si vous voulez connoître ses sentimens, je vais satisfaire votre curiosité.

(Elle lui donne un second coup de baguette.)

NICETTE.

Que vois-je ! Marton appelle Colin ; Colin la fuit, & me cherche. Adieu, Madame la Fée. Grand-merci. Je m'en retourne au Pays. Adieu.

SCENE XI.

La FE'E, ARLEQUIN.

ARLEQUIN.

Bon-jour, Madame la Fée.

La FE'E.

Eh! c'est Arlequin! Que viens-tu chercher ici, mon Enfant?

ARLEQUIN.

Je viens vous demander un don.

La FE'E.

Quel don?

ARLEQUIN.

Je n'en sais rien encore. J'ai déja parcouru votre Foire. Je n'ai point trouvé de marchandise qui m'ait tenté. J'ai vû des Boutiques où l'on distribuë de la Santé du Sommeil, du Jugement, de la Memoire, de la Sagesse, de la Probité, rien de tout cela ne m'accommode.

La FE'E.

Tu ès bien difficile!

ARLEQUIN.

Il ne me reste plus à voir que ce quartier-ci.

La FE'E.

Ce n'est pas le plus mal fourni.

ARLEQUIN.

Voyons. (il lit) *Esprit.*

La FE'E.

Oh ! pour de l'Esprit, cela ne t'accommodera pas non plus. Personne ne croit en avoir besoin.

ARLEQUIN.

La Fée qui le distribuë a bien l'air de perdre son étalage.

La FE'E.

Choisis autre chose.

ARLEQUIN, *lisant.*

Valeur.

La FE'E.

Cela te convient-il ?

ARLEQUIN.

Nullement. J'aime mieux rester poltron. La Valeur nous fait chercher le danger, & la Poltronnerie nous porte à l'éviter.

La FE'E.

Tu aimeras peut-être mieux la *Science*.

ARLEQUIN.

La Science ? Non. Mauvaise marchandise encore.

La FE'E.

Quoi tu ne serois pas bien aise d'avoir la memoire ornée d'une infinité de choses curieuses ?

ARLEQUIN.

A quoi cela sert-il ?

La FE'E.

A faire briller un homme dans les Caffez : A donner des démentis à de Faux-savans, qui hazardent des citations & des époques. On diroit de toi : C'est un puits d'érudition !

ARLEQUIN.

Un puits d'eau toute claire.

La FE'E.

A quoi veux-tu donc te déterminer ?

ARLEQUIN, *montrant la boutique des (Richesses.*

Tenez. Voilà justement mon affaire, *Richesses.*

La FE'E.

Je vais te présenter à *la* Fée qui les donne. D'un coup de baguette, elle te rendra maître d'un Coffre-fort, que tu trouveras chez toi en arrivant.

ARLEQUIN.

Oüi! Mais, attendez. Les Voleurs pourroient vûider mon coffre, & me couper la gorge. Cela ne vaut pas le diable. Je voudrois un fonds de Richesses qu'on ne pût m'enlever. N'y auroit-il pas moyen, par exemple, de me donner la vertu... là... de changer en or tout ce que je toucherai?

La FE'E.

Oüidà. Sui-moi.

(*à la Fée Argentine.*)

Fée des Richesses, accordez à Arlequin le même don que les Dieux fîrent à Midas.

La Fée Argentine frappe Arlequin de sa baguette. La Fée Doyenne dit ensuite à Arlequin.

Va. Tu as obtenu ce que tu désirois. Adieu. J'entends une dispute à deux pas d'ici. Je veux voir ce que c'est.

SCENE XII.

ARLEQUIN, *seul.*

O che fortuna ! Je vais bien me donner du bon tems ! Le Seigneur Pantalon m'a refusé Violette sa Fille, à cause de ma gueuserie ; mais il viendra me l'offrir présentement, & il sera trop heureux si je veux la prendre... Eh ! les voici tous deux !

SCENE XIII.

ARLEQUIN, PANTALON, VIOLETTE.

PANTALON.

Ha-ha ! C'est Arlequin !

VIOLETTE.

Quelle bonne rencontre !

ARLEQUIN, *se carrant.*

Oüi, c'est moi, l'Ami. Accolez-nous la botte. Priez - moi de vouloir bien être votre Gendre.

PANTALON.

Ho-ho! Vous êtes bien fier!

ARLEQUIN.

Comme un homme qui vient d'obtenir un don merveilleux. Tout ce que je touche se change en or.

PANTALON.

Qu'entends-je?

VIOLETTE.

Que dis-tu Arlequin?

ARLEQUIN.

Oüi, ma chere Violette. Je te ferai rouler sur les richesses: Nous coucherons dans des draps d'or.

PANTALON.

Bonne nouvelle!

VIOLETTE.

Je vais demander, moi, de pouvoir

changer en argent tout ce que je toucherai.

ARLEQUIN

C'eſt bien dit , ma foi. Nous ferons des Enfans de vermeil doré.

PANTALON.

Mais avez-vous déja fait l'épreuve de cette vertu ?

ARLEQUIN.

Pas encore. Faiſons-la tout-à-l'heure. Votre canne a une pomme d'argent, je n'ai qu'à la toucher.

(Il la touche , & elle devient or.)

PANTALON.

Ah ! le bel or ! Quel prodige ! Mon Gendre , que je vous embraſſe.

Arlequin, en l'embraſſant, lui met la main ſur le nez qui devient un nez d'or.

VIOLETTE, *pouſſant un cri.*

Ah ! mon Pére, vous avez un nez d'or !

PANTALON, *ſe touchant le nez.*

Le diable t'emporte avec ta vertu. *O Poveretto mi !*

ARLEQUIN, *s'approchant de Violette.*

Ma belle Violette... !

VIOLETTE, *fuyant.*

Ne m'approche pas ! Ne me touche pas !

ARLEQUIN.

Un petit baiſer ſeulement !

VIOLETTE.

Tirez, tirez ! Point de jeu de main. Je n'ai rien à changer en or.

PANTALON.

Miſericorde ! Que vais-je devenir !

VIOLETTE, *à Arlequin.*

Plus de mariage.

ARLEQUIN, *d'un air piteux.*

Quoi tu ne veux plus de moi ?

VIOLETTE.

Non vraîment.

ARLEQUIN, *pleurant.*

Miſérable que je ſuis ! Je n'ai pas penſé

aux conséquences de mon souhait. Le pain & le fromage se convertiront dans ma bouche en or ou en tombac. Hiaouf!

Ils font tous trois de grands cris.

SCENE XIV.

ARLEQUIN, PANTALON, VIOLETTE, la FE'E.

La FE'E.

Qu'avez-vous donc tant à crier?

PANTALON, *portant le doigt à son nez.*

Vous le voyez.

ARLEQUIN.

Hélas! Que vous ai-je demandé!

La FE'E.

C'est votre faute.

PANTALON, *à genoux.*

De grace, Madame, remettez mon nez comme il étoit.

La FE'E.

Je le puis faire; mais cela vous tiendra

lieu de ce que vous aviez à nous demander.

PANTALON.

N'importe. A quelque prix que ce soit, rendez-moi mon premier nez.

La FE'E, *le frappant de sa baguette.*

Soit.

Pantalon reprend son nez naturel, dont il marque beaucoup de joye.

ARLEQUIN.

Et moi, je vous prie de me reprendre le don que j'ai eu le malheur d'obtenir.

La FE'E.

Cela ne se peut pas, à moins que cette fille-là ne te sacrifie le don qu'elle vient chercher ici.

ARLEQUIN, *à genoux devant Violette.*

Violette, ren-moi ce service ; remets-moi dans mon naturel. Tu n'y perdras rien.

VIOLETTE.

C'est beaucoup exiger d'une femme ;

mais je t'aime, & contentement passe richesses.

PANTALON, *à Violette.*

Ne t'avise pas de cela:

ARLEQUIN, *à Pantalon, le poursuivant.*

Vieux Chenapan! si tu ne la laisse faire, je vais te changer en or depuis les piés jusqu'à la tête.

PANTALON, *fuyant.*

J'y consens! j'y consens!

VIOLETTE.

Et moi aussi.

La FE'E, *touchant Arlequin de sa baguette.*

Te voilà dans ton naturel.

ARLEQUIN.

Eprouvons cela. Donne-moi ta main, Violette.

VIOLETTE, *reculant.*

Je ne m'y fie pas.

La FE'E.

Ne craignez rien, j'y ai mis bon ordre.

VIOLETTE, *donnant un doigt en tremblant.*

Jevais hazarder ce doigt-là.

ARLEQUIN, *après avoir fait ses lazzis.*

Vivat ! Il n'y a plus de danger.

VIOLETTE.

Mais, grande Fée, nous en irons-nous sans recevoir aucun présent ?

La FE'E.

A cause de votre générosité, je veux bien passer pardessus nos Réglemens. Je vous donne...

VIOLETTE, *l'interrompant.*

Hé, non ! Donnez plûtôt à Arlequin ; afin que mon Pére consente à notre mariage.

ARLEQUIN.

Le bon petit Cœur !

La FE'E.

Hé-bien. Je lui donne cette phiole intarissable qui contient *l'Eau de Beauté.* C'est de quoi faire sa fortune à Paris.

ARLEQUIN.

Je vous remercie, Madame la Fée.

La FE'E.

Adieu, mes Enfans.

Arlequin, Pantalon & Violette se retirent.

Hola-ho ! Mes Compagnes ! C'en est assez pour un jour. Finissons notre Foire par des chants & par des danses.

SCENE XV. & DERNIERE.

Toutes les FE'ES.

Elles forment une Danse qui est suivie de ce Vaudeville.

VAUDEVILLE.

AIR 154. (*De Mr. Mouret.*)

PREMIER COUPLET.

La FE'E AMPHIONNE.

Venez, venez, accourez tous
Dans cette agréable retraite.
Pour vous faire, luron, lurette,
Goûter les plaisirs les plus doux,
Il ne faut qu'un coup de baguette.

CHOEUR.

Pour vous faire &c.

II. COUPLET.

La FE'E GRACIEUSE.

Lorſqu'un Amant s'eſt entêté
D'une jeune & vive Coquette ;
Pour lui faire, luron, lurette,
Abjurer l'infidelité,
Il faut plus d'un coup de baguette.

CHOEUR.

Pour lui faire &c.

III. COUPLET.

La FE'E ARGENTINE.

Un Créſus eſt toujours heureux,
Quand il pourſuit une Griſette ;
Dès qu'il montre, luron, lurette,
Sa bourſe à l'objet de ſes vœux,
C'eſt la véritable baguette.

CHOEUR.

Dès qu'il montre &c.

IV. COUPLET.

LA FE'E DOYENNE.

Une Iris, malgré sa pudeur,
Suit son Galand à la Guinguette;
Lui laisse voir, luron, lurette,
Qu'elle est sensible à son ardeur;
Et Bacchus fournit la baguette.

CHOEUR.

Lui laisse voir, &c.

V. COUPLET.

LOLOTTE.

Autrefois fille de vingt ans
Ne connoissoit point la fleurette;
Mais aujourd'hui, luron, lurette,
Les bons exemples des Mamans
Nous valent des coups de baguette.

CHOEUR.

Mais aujourd'hui, &c.

VI. COUPLET.

ARLEQUIN, *au Parterre.*

Sur notre Divertissement
Toute la Troupe a la venette;
Ah! si Paris, luron, lurette,
Le reçoit favorablement,
Pour nous l'heureux coup de baguette!

CHOEUR.

Ah! Si Paris, &c.

FIN du cinquième Tome.

APPROBATION.

J'Ai lû par l'ordre de Monseigneur le Garde des Sceaux, *le quatrième & le cinquiéme Volume du Théâtre de la Foire ou de l'Opéra Comique*, & j'ay crû que le Public les recevroit avec le même plaisir qu'il a reçû les trois premiers. Fait à Paris ce 20. Juin 1723.

DANCHET.

PRIVILEGE DU ROY.

LOUIS par la grace de Dieu, Roy de France & de Navarre: A nos amez & feaux Conseillers, les gens tenans nos Cours de Parlement, Maîtres des Requestes ordinaires de nôtre Hôtel, grand Conseil; Prevôt de Paris, Baillifs, Sénéchaux, leurs Lieutenants Civils, & autres nos Justiciers qu'il appartiendra, SALUT: Nôtre bien amé le Sieur LE SAGE, Nous ayant fait remontrer qu'il souhaiteroit faire imprimer & donner au Public un Ouvrage qui a pour titre *Théâtre de la Foire ou l'Opera Comique* de sa composition, s'il Nous plaisoit lui accorder nos Lettres de Privilege sur ce necessaires; A CES CAUSES, voulant favorablement traiter ledit Sieur Exposant; Nous lui avons permis & permettons par ces presentes de faire imprimer ledit Théâtre de la Foire ou l'Opera Comique en tels volumes, forme, marge, caractere, conjointement ou séparement & autant de fois que bon lui semblera, & de le faire vendre & débiter par tout nôtre Royaume pendant le tems de dix années consecutives à compter du jour de la date desdites presentes; Faisons défenses à toutes sortes de personnes de quelque qualité & condition qu'elles soient d'en introduire d'impression étrangere dans aucun lieu de nôtre obéissance; comme aussi à tous Libraires, Imprimeurs & autres d'imprimer ou faire imprimer, vendre, faire vendre, débiter, ni contrefaire ledit Theâtre de la Foire ou l'Opera Comique en tout ni en partie; ni d'en faire aucuns extraits sous quelque prétexte que ce soit d'augmentation, correction, changement de titre ou autrement, sans la permission expresse & par écrit dudit Sieur Exposant ou de ceux qui auront droit de lui, à peine de confiscation des Exemplaires contrefaits, de quinze cens livres d'amende contre chacun des contrevenans, dont un tiers à Nous, un tiers à l'Hôtel-Dieu de Paris, l'autre tiers audit Sieur Exposant; & de tous dépens, dommages & interêts: à la charge que ces présentes seront enregistrées tout au long sur le Registre de la Communauté des Libraires & Imprimeurs de Paris, & ce dans trois mois de la date d'icelles; que l'impression dudit Theâtre de la Foire ou l'Opera Comique sera faite dans nôtre Royaume, & non ailleurs, en bon papier & en beaux caracteres, conformément aux Reglemens de la Librairie, & qu'avant que de l'exposer en vente, le Manuscrit ou Imprimé qui aura servi de copie à l'impression dudit Theâtre de la Foire, ou l'Opera Comique sera remis dans le même état où l'Approbation y aura été donnée ès mains de nôtre trés-cher & feal Chevalier Chancelier de France le Sieur Daguesseau, & qu'il en sera ensuite remis deux Exemplaires dans nôtre Bibliotheque publique, un dans celle de nôtre Château du Louvre, & un dans celle de nôtredit trés cher & feal Chevalier Chancelier de France le Sieur Daguesseau, le tout à peine de nullité des presentes. Du contenu desquelles voumandons & enjoignons de faire jouir l'Exposant, ou ses ayans cause pleinement & paisiblement, sans souffrir qu'il leur soit fait aucun trouble ou empêchement. Voulons que la copie desdites presentes qui sera imprimée tout au long au commencement ou à la fin dudit Livre, soit tenuë pour dûement signifiée, & qu'aux copies collationnées par l'un de nos amez & feaux Conseillers & Secretaires, foy soit ajoûtée comme à l'Original. Commandons au premier notre Huissier ou Sergent de faire pour l'execution d'icelles tous Actes requis & necessaires, sans demander autre permission, & nonobstant Clameur de Haro, Charte Normande, & Lettres à ce contraires : CAR tel est nôtre plaisir. Donné à Paris le septiéme jour du mois de Novembre, l'an de grace mil sept cens vingt, & de nôtre Regne le cinquiéme. Par le Roy en son Conseil.

DE S. HILAIRE.

J'ai cedé au Sieur Estienne Ganeau, Libraire de Paris le present Privilege, pour en jouir en mon lieu & place ; suivant l'accord fait entre nous. A Paris ce neuviéme Novembre mil sept cens vingt.

LE SAGE.

Registré le present Privilege ensemble la cession ci-dessus sur le Registre IV. de la Communauté des Libraires & Imprimeurs de Paris, page 670. N°. 713. conformément aux Reglemens, & notamment à l'Arrest du Conseil du 13. Aoust 1703. A Paris le 15. Novembre 1720.

DELAULNE, Syndic.

De l'Imprimerie de J. B. LAMESLE, ruë des Noyers.

TABLE DES AIRS.

5
Quand le péril est agréable
6
Menuet de Mr. de Granval.
7
Tu croyois, en aimant Colette.
8
Je reviendrai demain au Soir
9
Quel plaisir de voir Claudine.

10
Mon Pere je viens devant vous
11
On n'aime point dans nos forets.
12
Amis, sans regreter Paris
13
Laire-la laire, lan-laire

14
Voulez-vous savoir qui des deux.
15
Je ne suis né ni Roi, ni Prince.
16
Les Feuillantines
17
Landeriri.

18
Lonlan:
la, derirette.
19
Joconde.
20
Allons gai.
21
Talaleri, talaleri, talalerire.

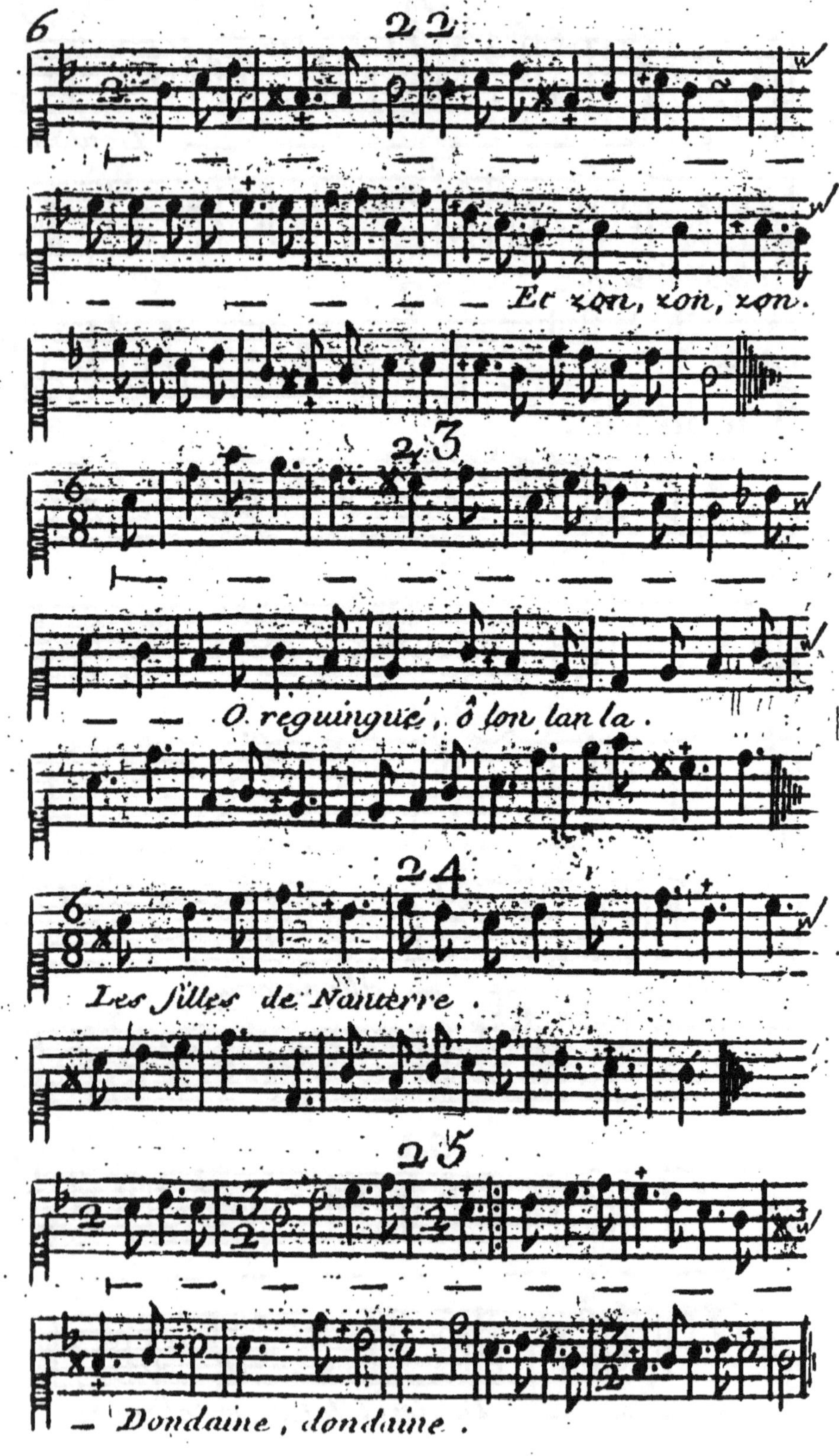
22
Et zon, zon, zon.
23
O reguingué, ô lon lan la.
24
Les filles de Nanterre.
25
Dondaine, dondaine.

La Ceinture.
27
Belle Brune, belle Brune.
28
La bonne avanture, ô gue.
29
Robin, turelure lure.

30
Du Cap de Bonne - espérance
31
Ma raison s'en va beau train.
32
Prenez bien garde à votre cotillon.

33
9
Jardinier, ne vois-tu pas.
34
Rondeau.
Pour faire honneur à la noce.
35
Qu'on apporte bouteille.
36
Le fameux Diogénes.
37
Lanturlu, lanturlu, lanturelu.

38
Une jeune Nonette.
39
Flon, flon, larira, don-
daine
40
Petit Boudrillon, boudrillon, dondaine.

41
Ton relon, ton, ton.
Rondeau
42
Du haut en bas.
43
Folies d'Espagne.
44
Faire l'amour la nuit et le jour

12
45
Quand la Bergere vient des Champs.
46
Les Triolets.
47
Adieu, paniers,
vendanges sont faites.

23
4
Est-ce ainsi qu'on prend les
Belles?
49
Boire à son
tire-lire, lir!
50
A la façon de Barbari!

51
Va-tén voir s'ils
viennent, Jean.
52
Vraiment, ma Comere, voire
53
Le Ciel be:
: nisse la besogne.
54
J'en suis bien contente

Ramonez-ci, ramonez-la
56
Vous y perdez vos pas, Nicolas.
57
N'y a pas d'mal à
ça, n'y a pas d'mal à ça.

Quand on a
prononcé ce malheureux Oüi.
59
Ho-ho! Ha-ha!
Et pourquoi donc?
60
Je ne suis pas si diable, que je suis noir.

1.
Dans ces lieux tout rit sans cesse.
62
Sans dessus dessous
sans devant derriere
63
J'entends déja le bruit des armes.

64.
Y-avance, y-avance y-a:
: vance.
65.
Vous
m'en contez, vous m'en contez toujours.
66.
Helas! ce fut sa faute!

67.
La Beauté la plus sévere.
68.
Tout le
long de la riviére, laire, lonlanla.
69.
Le temps se bar:
:boüille, boüille, boüille.

70.
Musette de Callirhoë
71.
Laissons-là la fumée
72.
Jean-Gille, Gille, joli
Jean.

73.
Ma Comère, quand je danse.
74.
Si ma Philis vient en vendange.
75.
Toure-louri-
-rette.

22.
76.
Menuet des Huit-Saoûs.
77.
78.

Le long de ça le long de la.
79.
Quand la Mer-Rouge apparut.
80.
Buvons à nous quatre.

Vaudeville 82. de Mr. Aubert.

ive la Calotte, ce eau Regiment; Voit-on
Oh! que la Marotte donne d'agrément!

jamais le chagrin chez un digne Ca otin? Ti

tin tin tin tin, terelin tin tin.

83.
La Tontine est une méthode.
84.
Je suis la fleur des Garçons du Village.
85.
Appren-moi, cher Amant

86.
J'offres ici mon savoir faire.
87.
de Mr. Mouret.
Un certain je ne sais qu'est ce
88.
Ho-ho!
Tourelouribo.

Grands Auteurs, quittez la Lyre, et cessez de
travailler; a-present on aime à rire, le Sublime
fait bâiller: C'est le tic, tic, tic, C'est le tic
du Public.
90.
Le Gagne-petit.
91.
Jl étoit trois filles, qui filoient du lin.

92.
Pierrot revien-
-dra tantôt.
93.
Margoton allant au moulin.
94.
Le Remouleur.

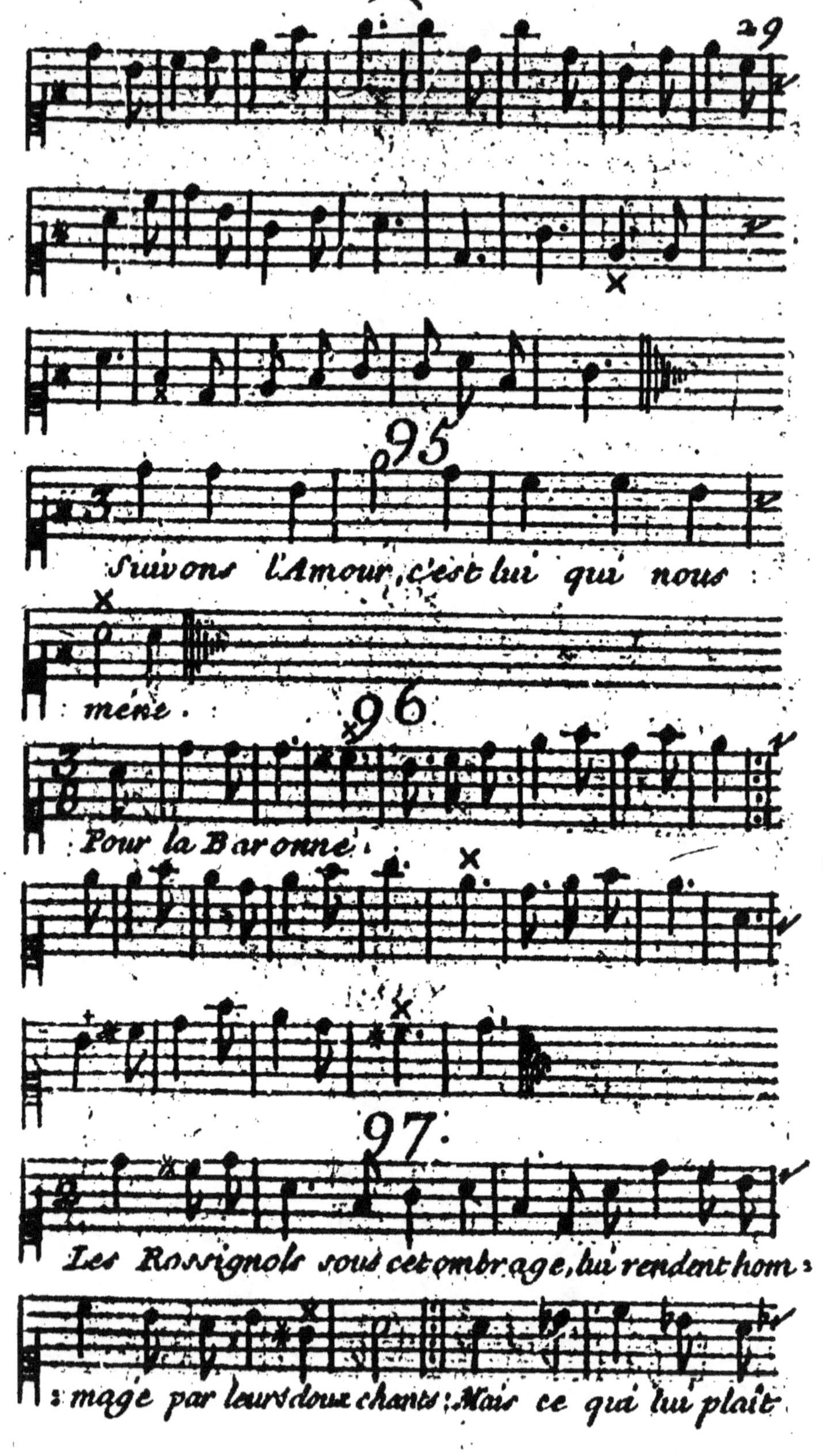
95
Suivons l'Amour, c'est lui qui nous
mène.
96
Pour la Baronne.
97
Les Rossignols sous cet ombrage, lui rendent hom:
:mage par leurs doux chants; Mais ce qui lui plait

davantage, c'est le badinage des Moineaux
francs. Mais ce qui lui plaît davan:
:tage, c'est le badinage des Moineaux
francs
98.
Ton himeur est, Cathereine.
99.
Tian; morgué, tian, si tu savois.

100.
Ah! voyez donc Ah! voyez
donc
101.
L'onguent mi=
ton-mitaine.
102.
Morgue! je t'aime, Bastienne.

103.
On dit que vo. aimez les fleurs
104.
Lonlanla, l'amour n'y fait rien.
105.
Ma
Belle diguedon

De Jean de
Vert
107
boire q'l nous faut
108

34
ti quetin
109
C'est à toi, mon Camarade
110
J'étois, j'étois per=
= dit = è!

111
Les Amours trionphans
112
Encor un coup, qu'en peut-il arriver ?
113
Dans nôtre Village chacun vit content

114
Vivons pour ces fil=
lettes, vivons
115
L'amour n'a-t'il donc
que cela!
116
Ah mon dieu que de joli filles
117
charmante Reine de mon cœur

118
Ah! que Monseig.r est Charmant
119
Ah! mon mal ne
vient que d'aimer! 120
Le beau Berger Tircis

121
Ah! Phaëton, est-il possible
122
L'amour me fait, lonlanla
123
Un Inconnu pour vos charmes sou
pire

124
89
Aux armes, Camarades
125
Allons, Allons, Allons à la Guinguette, allons.
126
le Bon-branle

127
Charivari.
128
la Troupe I:
talion-ne, faridondaine.
129
Sur les ponts d'Avignon

130
De quoi vous plaignez-vous
131
Tique, tique, taque, et lonlanla
132
Air du Roi de Cocagne

133
Menuet d'Hé sione
134
Or écoutéz Petits et Grands
135
De mon pot je vous en répond

136
43
Mariez, mariez, mariez, moi
137
Vous avez raison la plante
138
Les Sept-Sauts

139
Chers Amis, réjouissons nous
140
Je passe la nuit et le jour
141
Vivent les
Gueux!

Tous les Airs suivans sont de la composition de
Mr. Mouret.
142
Nous sommes, dans l'esclavage, Pasteurs,
plus heureux que vous ; Vous avez, tristes Jaloux, milles tourmens en partage, avec le souci
du ménage ; vous estes moins libres que
nous.
143
Aimez, inno-cen-te Bergère. Aimez innocente Bergère, laissez enflamer vostre
cœur ; vous verrez dans votre Vainqueur
l'image qui vous est si chè-re.

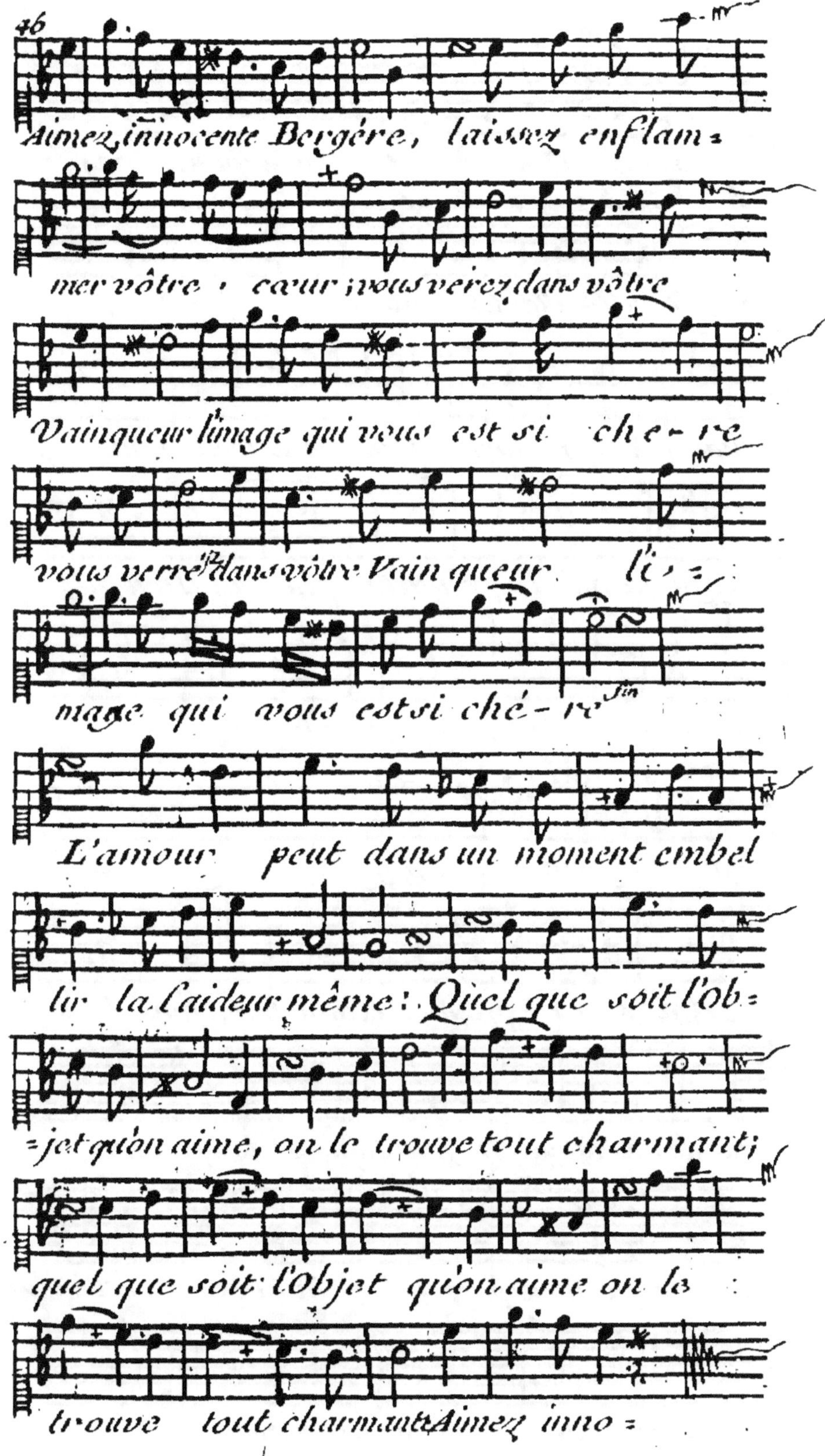
46
Aimez innocente Bergére, laissez enflam=
mer vôtre · cœur ; vous verez dans vôtre
Vainqueur l'image qui vous est si ch e - re
vous verré dans vôtre Vain queur l'i =
mage qui vous est si ché - re fin
L'amour peut dans un moment embel
lir la laideur même : Quel que soit l'ob=
=jet qu'on aime, on le trouve tout charmant ;
quel que soit l'Objet qu'on aime on le
trouve tout charmant. Aimez inno =

144
Legerement
La Cour de Cythère, d'un air débonnaire,
reçoit un Vieillard; il peut encor plaire,
quan il est gaillard: Une voix tremblante
pourvû qu'elle chante, plaît au Dieu ba=
din; il ne s'épou-van-te que du
noir chagrin.
145
A dis a reçû, mon Aimable, un fond d'a=
=mour de vos attrais; je ne sais q.d le pauvre
Diable pourra payer les interêts rest: Mais
dans le cours de nos voyages, s'il trouve

fille quelque jour qu'il puisse enflamer à son
tour, je vous reponds des arrérages.
146
Chantons l'Epoux de la Princesse le Barbon
dont elle a fait choix, c'est la fleur de la Vieillesse,
le plus beau de tous les Rois. Chantons l'Epoux de
la Princesse le Barbon dont elle a fait choix
c'est la fleur de la Vieillesse, le plus beau de
tous les Rois.
Chœur.
C'est la fleur &c.
C'est la fleur &c.

147
C'est quelquefois le malheur même qui nous
conduit au comble de nos voeux: Jamais A=
=dis n'auroit vû ce q.l aime, s'il n'eût pas été mal=
=heureux. C'est quelque.
148
Puissiez-vous, tendres Amans, joüir
d'un bonheur tranquile! Puissiez=
=vous dans vos vieux ans avoir le
goût de cette Js-le! Puissiez-vous dans
vos vieux ans avoir le goût de cet=
=te Js-le!

50
149. Vaudeville.
Vous, qui perdez vos fleurettes près d'un
Objet gracieux, venez, Amans à lunettes,
venez habiter ces lieux; vous y verrez
des fillettes soupirer pour vos beaux
yeux.
150.
La Raison blâme envain notre aimable
science; Mortels, la flateuse Espérance
soûtient chez vous notre crédit. Noˢ. ne vous
disons rien, qu'elle ne vous ait dit. Nous pro:
:mettons à la Jeunesse une longue felicité:

A la tremblante Vieillesse, une éternelle
santé: Aux tendres Belles, des coeurs pour
elles toujours épris; Et nous ôsons
même aux Maris promettre des femmes
fidel - les. 151.
Des Jeux et des Plaisirs notre Troupe est
suivi - e: Helas! peut-être qu'à la
Cour, nous regreterons quelque jour
tous les momens passez d'une si douce
vi - e

52
152. Vaudeville.
Nous disons la bonne-avanture, et
la disons pour un douzain, trelin, tin,
tin, trelin, tin, tin :
Mais nous pro:
diguons sans mesure toutes les faveurs
du Destin, tin, tin, tin, tin, à qui met
l'or dans notre main.
153. Cantate.
Récitatif
Venez, rassemblez-vous, Chalands,
la Foire est bon-ne ; venez, venez, sans ar:
:gent, tout s'y don- ne.
Air.
Voᵉ ne trouverez
pas ici comme au Palais des rubans et des

brasselets ; les boutiques des Fées sont bien:
mieux étoffé-es. On y débite la Beau:
té, le Courage, l'Esprit, les Trésors, la Santé.
Les présens de notre puissance vont quelque:
:fois plus loin que la temerité de la
plus avide espéran-ce..
Symphonie
Nous savons fixer les beaux jours et les at:
:traits de la Jeunesse. Nous sa:
Symphonie
:vons fixer les beaux jours et les at:
:traits de la Jeunesse : Nous sai:

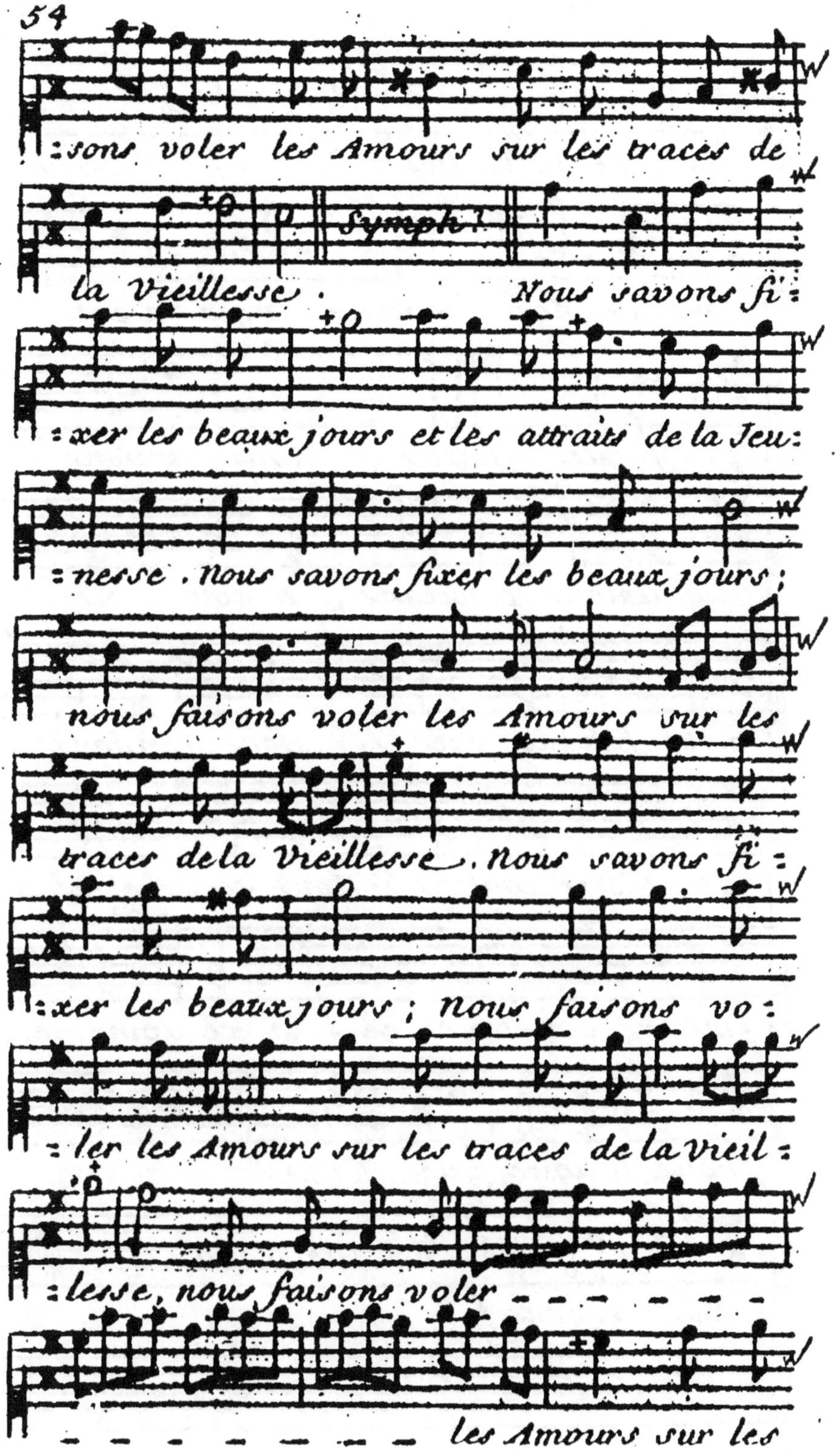
:sons voler les Amours sur les traces de
la Vieillesse. Symph: Nous savons fi:
:xer les beaux jours et les attraits de la Jeu:
:nesse. Nous savons fixer les beaux jours;
nous faisons voler les Amours sur les
traces de la Vieillesse. Nous savons fi:
:xer les beaux jours; Nous faisons vo:
:ler les Amours sur les traces de la Vieil:
:lesse, nous faisons voler - - - - - - -
- - - - - - - - - les Amours sur les

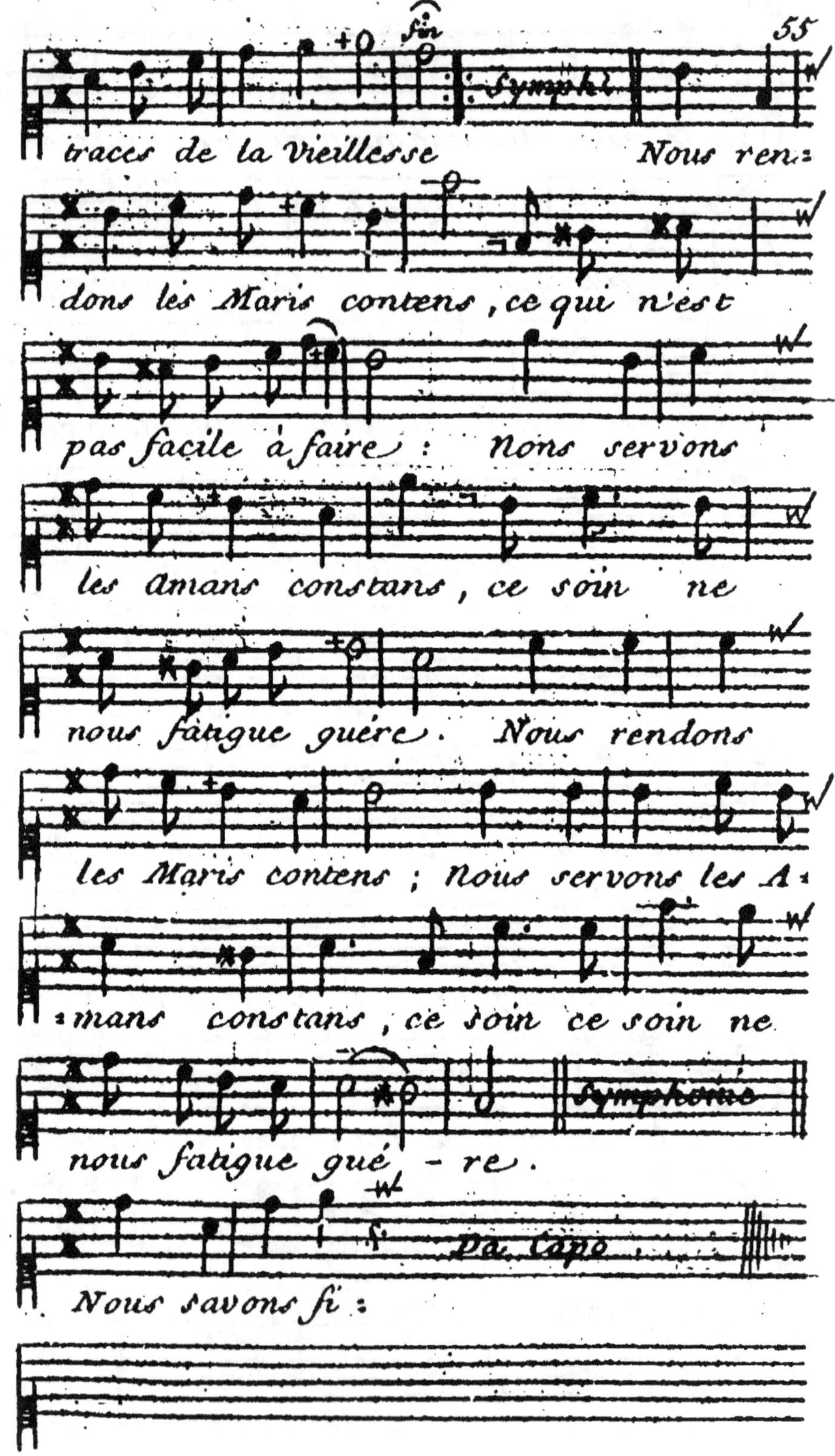
Fin
Symph.
traces de la Vieillesse Nous ren=
dons les Maris contens, ce qui n'est
pas facile à faire: Nous servons
les Amans constans, ce soin ne
nous fatigue guére. Nous rendons
les Maris contens; Nous servons les A=
=mans constans, ce soin ce soin ne
nous fatigue gué - re.
Symphonie
Da Capo
Nous savons si:

56
Venez, venez, accourez tous dans cette a=
=gréable retraite. Pour vous faire, lu=
=ron lurette, gouter les plaisirs les plus doux,
il ne faut qu'un coup de baguet=te.
Fin.

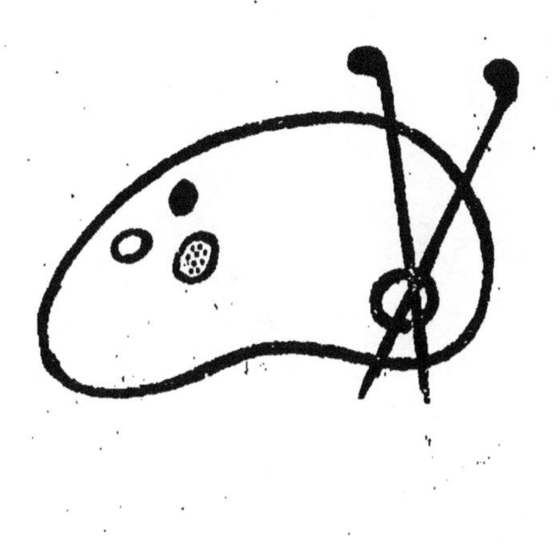

www.ingramcontent.com/pod-product-compliance
Lightning Source LLC
Chambersburg PA
CBHW061027030726
47504CB00002B/284

* 9 7 8 2 0 1 9 5 3 9 6 6 5 *